EVOCAÇÃO

Evocação
© Marcia Kupstas, 2012

Gerente editorial Claudia Morales
Editor Fabricio Waltrick
Editora assistente Carla Bitelli
Diagramadores Thatiana Kalaes, Fábio Cavalcante
Estagiária (texto) Ana Luiza Candido
Coordenadora de revisão Ivany Picasso Batista
Revisoras Cláudia Cantarin, Flávia Yacubian
Projeto gráfico Elisa von Randow
Coordenadora de arte Soraia Scarpa
Editoração eletrônica Ponto Inicial Design Gráfico e Editorial
Tratamento de imagem Cesar Wolf, Fernanda Crevin

Crédito das imagens p. 154 e 155: acervo pessoal; demais fotos: Renato Parada

CIP-BRASIL. CATALOGAÇÃO NA FONTE
SINDICATO NACIONAL DOS EDITORES DE LIVROS, RJ

K98f

Kupstas, Marcia, 1957-
   Evocação / Marcia Kupstas ; ilustrações de Adams Carvalho. – 1 ed. –
São Paulo : Ática, 2012.
   160p. : il. – (Marcia Kupstas)

   Inclui apêndice
   ISBN 978-85-08-15442-5

   1. Ficção infantojuvenil brasileira. I. Carvalho, Adams.
II. Título. III. Série.

11-8100.   CDD: 028.5
                                      CDU: 087.5

ISBN 978 85 08 15442-5 (aluno)
ISBN 978 85 08 15443-2 (professor)
Código da obra CL 737917
Cae 267202

2023
1ª edição
3ª impressão
Impressão e acabamento: Forma Certa Gráfica Digital

Todos os direitos reservados pela Editora Ática, 2012
Avenida das Nações Unidas, 7221 – CEP 05425-902 – São Paulo, SP
Atendimento ao cliente: 4003-3061 – atendimento@atica.com.br
www.atica.com.br

IMPORTANTE: Ao comprar um livro, você remunera e reconhece o trabalho do autor e o de muitos outros profissionais envolvidos na produção editorial e na comercialização das obras: editores, revisores, diagramadores, ilustradores, gráficos, divulgadores, distribuidores, livreiros, entre outros. Ajude-nos a combater a cópia ilegal! Ela gera desemprego, prejudica a difusão da cultura e encarece os livros que você compra.

MARCIA KUPSTAS

EVOCAÇÃO

Ilustrações de Adams Carvalho

HÁ DUAS QUESTÕES a respeito de *Evocação* que gostaria de dividir com você, querido leitor. A primeira é que certos aspectos do livro são verdadeiros: a estrada de terra para a praia dos descendentes de quilombolas, o cemitério no morro, o túmulo com a prancha de surfe, até uma casa igualmente misteriosa... tudo isso existe. Há uns oito anos, quando acompanhei minha filha (na época, adolescente) e suas amigas em uma viagem ao litoral norte de São Paulo, percebi que elas ficaram um bocado impressionadas com essas coisas e passaram longas horas assustando uma às outras com a ideia de um surfista-fantasma e de visitas do além.

A segunda tem relação com uma frase de um escritor que admiro, o norte-americano Stephen King. Ele disse que todo mundo tem uma história que gostaria de recontar. A minha era *Outra volta do parafuso*, de Henry James, consagrada obra de tema espectral em que *Evocação* tem livre inspiração. Há um paralelo no que se refere a um narrador-cúmplice da possessão por uma alma penada, a dúvida sobre a existência da assombração, o clima denso da narrativa...

No mais, *Evocação* é um livro que me orgulho de ter escrito. Espero que possa seduzi-lo e assombrá-lo, como deve fazer toda história que se propõe de terror.

Um abraço,

Marcia Kupstas

SUMÁRIO

CAPÍTULO 1 — 11

CAPÍTULO 2 — 21

CAPÍTULO 3 — 33

CAPÍTULO 4 — 42

CAPÍTULO 5 — 51

CAPÍTULO 6 — 62

CAPÍTULO 7 — 74

CAPÍTULO 8 — 83

CAPÍTULO 9 — 91

CAPÍTULO 10 — 99

CAPÍTULO 11 — 106

CAPÍTULO 12 — 113

CAPÍTULO 13 — 123

CAPÍTULO 14 — 129

CAPÍTULO 15 — 137

CAPÍTULO 16 — 145

OS SONHOS DE MARCIA KUPSTAS — 153

"Tudo o que acontece é natural —
inclusive o sobrenatural."

Mário Quintana

CAPÍTULO 1

ESTAVA COM 15 ANOS quando tive meu primeiro contato com o sobrenatural. Foi há seis anos, mas parece uma vida.

É estranho escrever isso com tamanha calma? Deve ser. Afinal, sou uma pessoa normal e *pessoas normais* deveriam temer aquilo que vem do outro lado...

Prefiro explicar essa aparente tranquilidade com as palavras de um escritor: "O mal da condição humana, de qualquer condição humana, é que depressa nos acostumamos a ela". É *normal* sentir medo do que vi, do que fiz, do que nos aconteceu. Mas a gente se acostuma e a vida segue.

Além disso, tenho um plano. Conto com duas semanas para rever detalhe a detalhe o que nos aconteceu naquela ocasião. Quem sabe, nesse diário da lembrança, não encontre algo que faça reverter o processo?

Mas também existe a outra possibilidade, não é? A de que, ao lembrar, descubra que tudo aquilo talvez já estivesse escrito; que desde o primeiro momento fomos conduzidos para lá, induzidos a usar aquelas palavras, agir como agimos, ver o que vimos... e *nada* pode ser mudado.

O que mais me assusta é supor que destino e livre-arbítrio não sejam opções *normais* diante de um fantasma.

Porque a minha história tem um fantasma.

E quase posso ouvir sua voz. Sussurra e ri da minha absurda soberba humana. Já não agia assim naquela época? Será que não estava por ali, esperando por nós, infelizes mortais que atropelaram as barreiras, crentes de que éramos os donos do próprio nariz, quando, na verdade, a gente já raspava as fronteiras entre o mundo que se vê e o outro, o invisível?

Calma. Respire fundo. Feche os olhos. E pense. Lembre.

Escreva: o que houve, quando, com quem.

Meu nome é Magda, um batismo em homenagem à vovó Magdalena, que tem um nome antigo, mas é bem moderninha. Uma professora universitária, que publica teses de nomes complicados e vive cercada por livros enormes, em eternas pesquisas.

Todo mês de julho, vovó reunia os netos que ainda não tinham nada planejado para passar uns vinte dias na praia. Geralmente, em casas ou apartamentos que ela alugava mais barato por causa da baixa temporada. Eu participava dessa rotina havia pelo menos seis anos e gostava dos encontros. Era a chance de conhecer uma praia nova e curtir primos e primas que pouco veria se não fossem essas férias.

Daquela vez foi um pouco diferente. Uma colega de vovó emprestou sua casa no litoral norte. Disse que "era uma pena, casa tão grande e ninguém da família tem tempo de ir" e vovó agradeceu pela estadia gratuita. Então, estávamos em uma praia diferente (mais distante das que geralmente frequentávamos, em centros mais agitados), numa casa também desconhecida e assumidamente solitária.

Creio hoje que a casa também teve participação no que aconteceu. Mas isso se revelará na hora certa.

O certo é que fomos em dois carros: vovó Magdalena dirigia um deles; minha irmã, Magali, e eu íamos com ela. No outro carro, tio Jonas levava meus primos, Lucas e Jaqueline (também conhecida como Jackie), e a amiga dela, Bárbara.

— Pelo mapa, é aqui. — Vovó conferiu o papel e desligou o motor.

Olhei para Magali, enfurnada no banco traseiro entre algumas caixas de mantimentos e o aparelho de TV. Ela devolveu um olhar desconfiado.

— É grande, né, vovó... — disse ela. — Mas...

— Parece meio detonada — completei, encarando o muro esverdeado de hera e um portão de madeira danificado pelo tempo.

— Mãe, se quiser, a gente nem tira as coisas do carro e procura outro lugar.

Titio não passaria a temporada conosco, mas queria ficar tranquilo em relação ao nosso conforto. Vovó não pretendia desistir tão depressa.

— Vamos ver lá dentro, Jonas. Se precisar, sempre se pode fazer uma limpeza, arejar os cômodos...

— Trocar de endereço — minha prima cochichou para a amiga, alto o suficiente para ser ouvida.

A chave rangeu na fechadura e tivemos a primeira surpresa: para além dos muros, a casa era ampla e convidativa. Era térrea e larga e se espalhava no meio do terreno, "construção típica do milagre econômico da década de 1970", como explicou vovó. Nos fundos havia um sobradinho, isolado do conjunto principal pelo quintal e por algumas árvores.

A segunda surpresa foi ver que, por dentro, a casa estava bem cuidada. Nada de mofo ou poeira. Móveis de madeira grossa e rústica, louça em abundância, a antena parabólica funcionou quando a ligamos na TV. A sala imensa se juntava à varanda, e tinha três quartos e dois banheiros.

— Aprovada? — perguntou vovó, sorridente.

Concordamos e começamos a descarregar os carros.

Só depois desses imprevistos da chegada que meus primos e eu pudemos nos cumprimentar de verdade. Não os via havia praticamente um ano: Lucas, alguns meses mais novo que eu, na minha memória era um moleque feioso e ranheta. Nada disso. Como havia crescido! Como estava bonito! Jaqueline, mais velha que eu um ano e alguns meses, trazia sua amiga Bárbara, que, com 17, era a mais velha do grupo. Minha irmã Magali era a caçula, com 12.

Pode parecer estranho reforçar tanto essa questão da idade, mas tem uma época na adolescência em que isso é bem importante. Certos comportamentos que com 12 ou 14 anos parecem "normais" podem ficar deslocados numa pessoa mais velha.

Exatamente por isso, na hora de descarregar o carro, a tal Bárbara pareceu bem infantil em pegar só uns pacotinhos e fazer hora. Depois que vovó apressou o trabalho, "o Jonas tem de voltar daqui a pouco a São Paulo", ela soltou um suspiro fundo e ficou muito feliz quando Lucas dividiu com ela o peso de sua mala enorme até o meio da sala.

Titio foi embora e vovó comandou:

— Esse quarto ao lado do banheiro é meu. As meninas usam o quarto com os dois beliches. O Lucas fica com o quarto perto da cozinha.

— Ah, vó! — reclamou Magali. — Tanto espaço e a gente vai ficar tudo apertada? Por que o Lucas não dorme junto com...

— Confiem na minha experiência! — brincou vovó. — É melhor vocês meninas ficarem juntas. Acabam se ajudando.

E assumiu seu quarto. Meia hora depois, saiu de lá com um maiô florido e um enorme chapelão de palha.

— Não sei vocês, crianças — enfatizou "crianças" com humor —, mas eu vou conhecer a praia.

— Praia? Com esse tempo? — Bárbara fechou mais o moletom no pescoço.

— A gente não precisa nadar, Babi — explicou meu primo. — Só fazer uma caminhada já é bom.

— Não gosto de caminhada — ela emburrou, sentada na ponta do sofá.

Não acreditava no que eu via! Será que a criatura ia mesmo ser do contra? Cochichei para Jaqueline:

— Que amiga você trouxe, hein?

— Nem é bem minha amiga, Magda. Tive de trazer, a mãe dela é que é amiga da mamãe. Os pais dela estão viajando e a Bárbara não podia ficar sozinha.

Isso explicava melhor as coisas, mas o fato de a Bárbara vir a contragosto não era motivo para destruir nossas férias! Troquei com Jackie um olhar de cumplicidade: "Se ela não maneirar a chatice, a gente enquadra rapidinho a garota".

— E aí? Vamos ou não vamos ver essa praia? — Vovó nos apressava, já com a chave na mão.

Andamos um quarteirão e meio por terra batida. A maioria das casas era grande e antiga, também fruto do surto imobiliário dos anos 1970. Todas fechadas. Mais próximo da praia, o perfil das construções mudava: surgiram chalés e pousadas, vimos uma mercearia de porta aberta, com uma senhora gorducha à frente, que nos cumprimentou.

Correspondemos ao cumprimento e seguimos até a pista expressa, que beirava o mar e seguia assim até o Rio de Janeiro; como explicou vovó, "a antiga estrada Rio-Santos".

A praia foi uma adorável surpresa. Àquela hora, meio da tarde, revelou-se um verdadeiro cartão-postal. O sol dourava as águas de um mar liso e espelhado, com reflexos verdes. Duas ilhas próximas embelezavam o horizonte.

Vovó colocou a cadeira em meio à praia vazia, eu estendi a esteira e abri espaço para Jaqueline. Magali nem quis sentar, foi depressa experimentar a água. Lucas e Bárbara ficaram de pé. Meu primo convidou:

— Pode sentar aqui, Babi. — Tirou a camiseta e a jogou na areia.

Ficamos ali, imóveis, recebendo o sol morno na pele, olhando... Era um momento de paz.

Veio um barco, de uma das ilhas. Acompanhamos sua trajetória por longos segundos. O mar calmo permitiu que o barco chegasse assim bem perto e fizesse um movimento em S, exibindo-se de lado a outro diante da gente.

Silêncio e curiosidade.

Bárbara quebrou o clima com seu comentário.

— Credo, que nome engraçado tem esse barco... Shirley.

O nome escrito ao lado da quilha era PEIXINHO. Então entendi... A marca do motor era Chrysler, que a adorável amiga da minha prima tinha entendido como "Shirley".

E a temporada estava apenas começando!

A natureza nos deu os três próximos dias mais adoráveis e perfeitos, raros no mês de julho. O vento diminuiu e o sol continuou firme desde as primeiras horas da manhã até o fim da tarde. Mesmo a água de inverno era suportável. Magali achou uma boia de pneu de caminhão na garagem e naquele mar calmo a gente podia flutuar sem o menor perigo de correnteza. Vovó se bronzeava na esteira enquanto lia seus enormes livros de teoria. Lucas descolou um jogo de frescobol e pretendia treinar com Jaqueline até ficar uma fera. Confirmava-se o clima de paz e sossego, de férias ideais. Se havia uma tempestade, ela se armava dentro da casa, na figura de Bárbara.

    Andava sempre desconfiada. De tudo: daquela natureza, porque era natural e tinha bichinhos que voavam, se arrastavam, cricrilavam e arranhavam. Antes de dormir, virava e revirava colchão, travesseiro, lençóis. Um vaga-lume voejando em nosso quarto foi motivo de choro; só serenou quando Lucas o caçou com um pano de prato e o despachou pela varanda. Armou-se com um spray de veneno e mantinha-o ao alcance da mão, na cama de baixo do beliche. Arrepiava-se com a ideia de que "uma barata pudesse andar" por cima dela (apesar de não termos visto nenhuma barata na casa) e uma lagartixa na varanda a fazia correr para a sala.

    Tinha também medo de água, mesmo num mar tão calmo, porque não sabia nadar. Ia à praia porque "não queria ficar sozinha na casa", mas era sempre a última a levantar e a sair do banheiro. Lambuzava-se de protetor solar altíssimo, embora fosse morena e tivesse se esquecido de trazer o seu: Lucas emprestava o dele.

    Juro que tentei ser gentil. Ainda não tinha comprado guerra com ela. Nós insistíamos em convidá-la, mesmo sabendo de antemão sua resposta: "Não jogo, não sei nadar, caminhada cansa muito, boiar em pneu é besteira, detesto cebola". Essa descoberta — "detesto cebola" — nos dava o espetáculo diário de vê-la por longos minutos separar cada micropedaço de cebola entre os grãos de arroz. Também não era vegetariana, mas "tinha nojo" de frango, carne de panela, linguiça. A única coisa que mais ou menos aceitava era salsicha, e então vovó estocou no freezer meia dúzia de pacotes da sua marca favorita.

    — Vocês estão muito implicantes! — disse Lucas, quando flagrou sua irmã e eu marcando os minutos que Bárbara levava no banheiro. — A Babi é garota de shopping, poxa! O que tem? Deixa que ela se acostuma...

    O que eu não me acostumava era com o modo descarado com que Bárbara jogava charme para o meu primo. Era um bocado ridículo, porque o Lucas nem tinha 15 anos. Não devia estar a fim dele. Então, por que sair do banheiro com rímel e batom? E por que a primeira coisa que fazia era olhar para ele e agradecer com voz rouca, "obrigada", quando o babaca dizia "você está bonita"? E por que sempre tinha algo a contar *para ele*, alguma ajuda a pedir *para ele*, por que media o instante de ajeitar o biquíni para conferir se *era ele* quem estava olhando? Por que fazia isso?

Será que ela me irritava por que tive ciúmes de meu primo? Se quero buscar aqui a absoluta sinceridade, tenho de conferir essa hipótese. Fui uma criatura ciumenta, conferindo os detalhes da sua sedução porque acontecia com o *meu* primo?

Não creio. Na verdade, é possível que sua atitude apenas revelasse o costume: Bárbara era o tipo de mulher que não entenderia a vida sem o testemunho masculino. Precisava demonstrar seu poder feminino diante do macho... de *qualquer* macho. E, como só havia Lucas à mão, ele era o coitado a ser seduzido.

O que mais dizer sobre Bárbara? Seu nome vulgar me irritava. Sua voz ou seu silêncio. Nunca tinha opinião sobre nada. Um noticiário na TV, uma lembrança de vovó a respeito da política do seu tempo ou quando minha irmã resumia os enredos dos livros de que tanto gostava, qualquer dessas coisas eram recebidas com cara de "que chatice". E suas opiniões — quando raramente se dignava a falar — eram superficiais e encerradas em si mesmas.

Um exemplo: passou na TV uma notícia sobre uma celebridade que dirigia alcoolizada e por isso se envolveu num grave acidente. A gente comentava se as leis não deveriam ser mais rígidas em relação a álcool e direção. Ouviu-sem-ouvir a conversa e, quando resolveu falar, foi com:

— Grande coisa, prender quem bebe e dirige carro. Eu nem tenho carta. — E riu.

Parei um pouco de escrever. Revendo esses tempos, me pergunto se todos se incomodavam com ela do mesmo modo que eu. É verdade que adolescente implica com quem é implicante e Jaqueline meio que liberou nossa perseguição ao revelar que ela "não era assim tão sua amiga". Mas eles até que a toleravam. Bárbara daria motivo a alguma gozação leve. Duvido que meus primos, vovó ou mesmo minha irmã vivessem essa fúria contida e minuciosa, uma espécie de zumbido na alma, que me consumia só de dividir o mesmo ar da sala com Bárbara.

A explosão aconteceria cedo ou tarde e veio por falta de comunicação... ou excesso dela, na verdade.

Desde a chegada à praia, Bárbara andava pra cá e pra lá com o celular na mão. Caçava a todo instante os pais que excursionavam pela Europa. Depois que cochichava com eles por longo tempo, chegava mansa e declarava algo assim "já andaram de gôndola e fotografaram no Vaticano" ou "amanhã eles pegam trem para o norte da Itália".

Claro que seus créditos terminaram rapidinho, então deu de incomodar vovó para saber quando a gente ia "até uma cidade de verdade", onde se poderia comprar recarga. No final da nossa primeira semana, vovó já estava cheia. Achou numa vilinha ali perto uma farmácia que vendia cartões de telefone público e comprou um monte deles.

Na mesma vilinha localizamos depois uma lan house e pudemos nos contatar com o mundo via e-mail, mas na primeira semana a gente teve mesmo que usar os telefones.

— Pronto! — Vovó espalhou a dezena de cartões sobre a mesa. — Agora vocês podem matar a saudade de seus pais, namorados, amigos, o que quiserem.

Fiquei só com um cartão e deixei os outros a que tinha direito para minha irmã. Essa divisão desigual fez com que a "comunicativa" Bárbara arregalasse os olhos de inveja, mas não se atreveu a questionar minha generosidade.

A encrenca se deu na sexta-feira à noite. Eu, Lucas e Jackie jogávamos cartas na varanda, vovó lia no seu quarto e Bárbara via novela na TV da sala. Era uma noite fresca, o luar iluminava o caminho e minha irmã tinha saído para telefonar. Havia um orelhão a uns duzentos metros, na esquina de um condomínio. Voltou pouco depois, chorando.

— O que aconteceu?

Magali nem conseguia falar. Rodeamos minha irmã: Jaqueline achou que era picada de inseto, Lucas perguntou se algum "cara perigoso" tinha mexido com ela, Bárbara largou a TV e correu para a varanda, prevendo fofoca. Magali afinal conteve os soluços e contou:

— Fui ligar pra mamãe, o telefone de São Paulo estava ocupado, fiz um pouco de hora. Aí apareceu uma menina pedalando uma bicicleta. Era assim magrelinha e levava um bebê com ela. Perguntou se eu tinha cartão e se podia emprestar. Ok. Aí ouvi a conversa. Era a avó dela.

Minha irmã pegou fôlego, concentrou-se e depois imitou a conversa: "Vó, o pai tá preso de novo". Deu uma pausa. "Não, dessa vez ele não me bateu. Ele só bateu na mãe." Outra pausa. "Quando você vem pra cá, vó? Tá bom, eu espero."

Magali estava com os olhos vermelhos.

— Ela não ficou muito na linha, olhou pra mim e desligou. Gente, ela desligou pra me devolver o cartão.

— E o que você fez? — perguntei.

— Eu fiquei com dó, Magda! Tadinha! Deixei o cartão com ela e voltei.

Sabe aquele instante em que dá um branco? Quando a gente ouve algo muito sério, muito tocante e fica procurando as palavras certas para comentar? É claro, com alguma observação sobre injustiça, solidariedade, piedade... Era isso que a história merecia. Mas Bárbara atacou:

— Como você é tonta, Magali! Cair num golpe desses?

— Golpe? — perguntei.

Bárbara deu uma risada feia e não desviou os olhos de mim.

— Não te parece um golpe pra telefonar de graça?

O sangue ferveu. Furiosa, só consegui fazer ataque direto.

— Como você é ruim, Bárbara! Como você é burra.

— Eu? Sua irmã fica dando bola pra um papo-furado desses e eu é que...

— Você é uma cascavelzinha nojenta, Bárbara.

— Magda, espere um pouco, também não é... — Meu primo entrou na conversa.

E sobrou pra ele.

— Você ficou idiota também, Lucas? Acredita nesse teatrinho miserável, "tenho medo disso, não gosto daquilo", ou está tão a fim dessa criatura que nem percebe o quanto ela é chata?

— A *fim*? O que você quer dizer com isso? — reclamou Lucas, mas bem que ficou vermelho.

Foi nessa hora que vovó chegou à varanda. Foi ela aparecer, pronto! Flagrei outra *cena linda* de dona Bárbara: na caradura, armou o beicinho e olhou triste para vovó, colocando as mãos adiante, num gesto de estátua, "sou *a injustiçada*, me ajude".

Dei um tapa no seu braço estendido. Imediatamente ela virou a outra mão para cima de mim e se agarrou no meu cabelo. Puxava com força. E gritava:

— Socorro, dona Magdalena, ela quer me machucar!

Machucar, eu? Quem estava machucando alguém *era* ela, porque, no meio da confusão, aproveitava *mesmo* para puxar meu cabelo e aquilo

doía! Resolvi guerrear de vez e estava fechando a mão num soco quando senti que me seguravam.
— Magda, PARE AGORA MESMO!
Só então Bárbara me soltou e se deixou empurrar molemente para o outro lado.
— Vó, mas foi ela que...
— FIQUE QUIETA, entendeu?
Suspirei fundo e calei. Um silêncio... e o choro alto de Bárbara se destacando na noite. Ajoelhada e segurando o pulso como se tivesse quebrado o braço, ela *se debulhava em lágrimas*, de *coração partido*, sofrendo com as injustiças de *inimigos cruéis*... Todas aquelas frases chavões, típicas das novelas idiotas que ela gostava de assistir, eu via acontecer ali, na nossa frente.
"Farsante. Hipócrita. Idiota", pensei.
— O que aconteceu? — perguntou vovó.
Percebi então que *de idiota* a tal Bárbara não tinha nada! Sua voz saiu firme e rouca, pouco contou da história de Magali, disse que "só porque eu dei a minha opinião e a Magda não concordou comigo" eu a havia agredido...
Para enorme surpresa, meus primos concordaram com ela. Até Magali, que em hipótese eu tinha defendido, acabou contando à vovó que me viu "pular em cima da Bárbara". A vilã era eu.
Resultado: tive de pedir desculpas. Inventar uma explicação meio pomposa, de que sempre defendia minha irmã caçula. Prometer que tentaríamos ser amigas.
— Claro, Magda. Sei que a gente ainda vai se dar muito bem. — Ergueu "com certa dificuldade" o braço ferido e me estendeu a mão num cumprimento solene, vistoriado por vovó.
Foi nesse momento que percebi que ainda me vingaria dela. Custasse o que custasse.

CAPÍTULO 2

NO SÁBADO, ENFIM FOMOS À CIDADE, a trinta quilômetros de distância da nossa praia. A saída foi meio confusa e desorganizada; esperamos na calçada enquanto vovó trancava o portão e Bárbara cutucou com a unha umas manchas brancas no capô.

— Credo, como tem gente porca por aqui! Alguém grudou chiclete no carro.

Sem querer, vovó me vingou.

— Isso é cocô de urubu.

— Iiiiiiiiiiiiiiiiiiiirc! — Ela ergueu a mão no ar feito uma garra de ave.

— Como a senhora sabe disso, vó? — perguntou Magali.

— Sabendo, ora. Urubu faz cocô assim grosso, parecendo plástico.

— Não saio daqui sem antes lavar a mão. — Babi deu o ultimato.

Vovó tentou ser paciente.

— Deixa pra lá, Babi. Dentro do carro tem lenço de papel, entra aí e vamos embora.

Nem pensar. Bárbara se recusava a entrar no carro ou ir a qualquer lugar antes de "desinfetar a mão". Mesmo que todos nós já estivéssemos dentro do automóvel, ela ficou resmungando ao lado do portão:

— Credo, coisa nojenta, odeio esse bicho, coisa mórbida, horrorosa.

Ficou cacarejando ali até vovó descer do carro, destrancar o portão, passar a chave da casa para ela, "porque tinha de usar sabonete e desinfetante". E demorou séculos para voltar...

Quando afinal se acomodou no banco de trás, estava com uma blusa diferente e tinha prendido o cabelo. Suspirei. Prometi a mim mesma que iria controlar a irritação. Nada deveria estragar nosso passeio.

A cidade centralizava o comércio em torno da praça e da igreja. Vovó passou no caixa eletrônico e liberou uma grana para cada um dos netos. Bárbara, neta honorária, também ganhou sua parte e dessa vez não reclamou, mesmo que tivesse sacado do caixa uma alta quantia, autorizada previamente por sua mãe. Vovó seguiu de carro para um supermercado mais distante do centro e ficou de nos pegar na praça dali a duas horas.

Magali, Jaqueline e eu optamos por sorvete à beira-mar e meu primo seguiu Bárbara para as ruas comerciais, feito cachorrinho atrás da dona. Quando nos reencontramos, ele carregava duas sacolas de compras para uma Bárbara vitoriosa, porque "achei umas camisetas de grife", como falou.

Vovó também condescendeu com outras opções "citadinas". Bárbara já havia localizado um shopping e fomos todos para lá, jantar na praça de alimentação. E, se era uma questão de ceder a vontades, vovó comunicou:

— Tem a festa da padroeira lá na igreja do centro, vai durar duas semanas. Quermesse, sabem? Com bingo.

Vovó disse isso e corou. Começou uma explicação meio boba sobre "gostar de festividades populares", mas quem ela queria enganar? A mim, não. Eu conhecia sua tara por jogos.

Seu hábito de jogar era, por assim dizer, uma de suas *idiossincrasias* — e aqui uso um termo típico de vovó Magdalena, que costumava se expressar, mesmo conosco, com vocábulos solenes, mais apropriados para as suas teses. Quando reparava em olhares arregalados, definia o termo com tamanha precisão e fixidez que nunca mais esquecíamos e até passávamos a usar essas palavras.

Então: a *idiossincrasia* de vovó (ou uma das suas grandes contradições) era o jogo. Professora universitária, mestra e doutora com teses sofisticadas, era até infantil diante de alguns números girando em uma roleta ou esfera de bingo. Supersticiosa, acreditava ter uma sorte especial com jogos de azar, e sempre visitava cassinos nas suas viagens ao exterior. Numa praia vazia do litoral norte, porém, se consolava com uma quermesse de padroeira.

— Gente, acho que volto para cá amanhã de noite. Vão sortear um forno de micro-ondas. O bingo começa meio tarde, depois da missa... Cada noite tem um prêmio especial e...

— A senhora já comprou todas as cartelas — falei.

Também reparei nos cartazes espalhados pela praça, anunciando os prêmios especiais da Quinzena da Padroeira, um por noite. Ela voltou a ficar vermelha e puxou uma série de cartelas da bolsa. Deveria ter gasto, naquilo, o suficiente para comprar o modelo mais sofisticado de micro-ondas, mas...

— Jogo é sorte! — explicou vovó. — Claro que só venho à quermesse se vocês ficarem numa boa, sozinhos em casa.

A gente não sabia bem o que responder... e isso me deu uma ideia. Minha irmã suspirou, irritada, mas, antes de ela levantar objeções, fui mais rápida.

— Claro que a gente fica bem, vó! Só faltava isso, precisar de babá. Não é, pessoal? Que besteira, a casa é grande e segura, se precisar de alguma coisa tem celular, ninguém é criança, não é mesmo?

Apelar para o "lado infantil" era ganhar a minha irmã, carente de autoafirmação adolescente aos 12 anos de idade. Creio que meus primos eram indiferentes e Bárbara, bem, naquele instante ela nada viu de incômodo na ausência noturna do único adulto das proximidades.

No domingo, o tempo virou. Virou *mesmo*, naquelas transformações repentinas do litoral norte paulista. O vento assobiou por toda a madrugada, cobrindo com uma fina camada de areia a varanda, a sala, a cozinha. Ir à praia parecia impossível.

Vovó deu a ideia.

— Sabem o que descobri? Lá na cidade uma mulher me falou de uma praia aqui perto, herança dos quilombolas. É uma praia isolada, só se chega lá por um caminho de terra. Dizem que é bem bonita. Que tal conhecer?

Pusemos a ideia em votação. Magali ampliou a sugestão.

— E a se a gente fizesse um piquenique?

— Piquenique com esse tempo? — perguntei.

— Se ventar demais a gente come no carro — completou Magali. — É pelo passeio. Conhecer um lugar diferente...

Topamos. E no entusiasmo de "lugar diferente", até Bárbara ajudou a embrulhar sanduíches em papel-alumínio.

Pegamos a estrada asfaltada até uma placa indicando a praia. Era um caminho estreito, passava um carro por vez, ladeando uma montanha. Vovó dirigia devagar, enfrentava muitos buracos e barro. Uns vinte minutos depois, soltou um "oh" excitado e brecou. Deu ré e manobrou o carro diante de um portão de ferro.

— O que foi, vó? — perguntei.

— Mas é um cemitério! Aqui no alto do morro... à moda antiga. Deve ser bem interessante. — Apontou para umas cruzes visíveis acima do muro azul e branco.

— Interessante? Cemitério? Dá um tempo, vó! — disse Lucas, irritado.

— Qual o problema? — Vovó olhou para ele, a seu lado, e depois para nós quatro, no banco de trás.

Explicou que orientava uma tese de mestrado cujo tema era justamente "signos da morte", e sua mestranda andava maluca, atrás de túmulos "expressivos" que ilustrassem as teorias. Tirou a máquina fotográfica da bolsa e saiu do carro.

— Queridos, vou entrar. Se quiserem, esperem aqui. Não vou perder essa oportunidade.

— Eu não vou ficar aqui que nem uma idiota! — Jackie me empurrou para descer.

— Eu também vou — disse Magali.

Apressei-me atrás delas. Aquele cretino do Lucas que fizesse companhia para Bárbara. Mas ela me surpreendeu com a frase "até que enfim alguma coisa interessante" e nos seguiu.

— Que vista linda! — Jaqueline respirou fundo e apontou o cenário.

Realmente era uma paisagem incrível. O cemitério ficava no alto da ladeira e dali se avistavam a nossa praia, algumas ilhas e outras e mais outras praias, além das árvores imensas que cobriam os morros abaixo de nós. O cemitério era pequeno, um descampado estreito entre os morros, com os túmulos espalhando-se de modo irregular pelo terreno que subia e descia.

Vovó nem esperou por nós. Estava com a máquina nas mãos, registrando tudo. Às vezes, murmurava: "que interessante!", "incrível o trabalho do tempo" e "o que as pessoas colocam como homenagem!".

A maioria era de túmulos rente ao chão, de tijolos escurecidos que margeavam um retângulo encimado por cruz de madeira. Li os nomes e conferi as datas: "Amadeu Moitão 12/02/1934-23/05/1998" ou "Maria Antônia da Silva 22/04/1965-11/09/2004". Mas havia aqueles "interessantes", como dizia vovó, com fotografias azulejadas e frases do tipo "Viveu uma vida repleta de realizações e morreu feliz" ou "Ele amou a natureza e jamais será esquecido", e havia objetos. De todo tipo, não apenas religiosos, como santos de barro, crucifixos e rosários, de pedras ou madeira. Acima da fotografia de um senhor sorridente de cabelos brancos ("Um grande vovô", dizia a inscrição no túmulo, "saudades eternas dos seus netos"), havia um cachimbo. Mais à esquerda, destacando-se como um obelisco, vimos...

— Uma prancha de surfe! — gritou Bárbara.

Seguimos até o túmulo. Era realmente uma prancha, e servia de lápide "Ao grande aventureiro Renato T. Parreira, na sua maior viagem". A data 13/01/1988-24/12/2002 indicava que Renato tinha 14 anos ao morrer.

Lucas deu a volta no túmulo e alisou o material.

— Que ideia! Colocar uma prancha. E é *mesmo* uma prancha! No túmulo do cara... Será que foi a mãe dele que fez isso?

— E que fim de ano teve essa mãe — concluiu minha irmã, conferindo as datas. — Morreu na véspera do Natal.

— Será que foi afogamento? — perguntou Bárbara.

— Vai saber... — disse Jackie.

— Deve ser — falei. — Pra colocarem a prancha...

— Pode ter morrido de qualquer coisa — racionalizou Lucas.

Sua irmã prosseguiu nessa ideia.

— Vai ver que morreu de doença, acidente... Só colocaram a prancha porque o Renato gostava de surfe.

— "Renato"? — repetiu Bárbara. — Que intimidade com o defunto, Jaqueline!

— Foi só um jeito de falar.

— Era quase da minha idade — disse Lucas, sério. — Ia fazer 15 anos dali a um mês. Já imaginou? Morrer assim tão novo? Nem viu nada, nem fez nada direito pra morrer...

Silêncio. Nós olhávamos fixamente para a lápide-prancha. Babi alisou os braços, num arrepio forçado.

— Credo, como vocês estão mórbidos! Eu, hein? — resmungou e se afastou.

Apesar da reclamação, parecia estranhamente excitada. Nem pensou em voltar ao carro. Pulou agilmente a cruz tombada de um túmulo escurecido de umidade e puxou meu primo com ela.

Uma hora depois chegamos à praia dos quilombolas. Uma placa na entrada avisava que aquela área pertencia aos descendentes de escravos. Uma vila espaçada por morros, aqui e ali uma casinha de pau a pique. A escola era um galpão de madeira e a igrejinha tinha um campanário azul e ficava de frente para o mar.

E *que mar*! Podia ser mais encrespado e ter uma praia com areia mais espessa do que a nossa, mas tudo era muito verde e limpo — essa parecia ser a regra e não a exceção no litoral norte. Havia apenas mais dois carros estacionados entre umas árvores; vovó parou ao lado deles.

Perto do meio-dia, o vento diminuiu e o sol até deu as caras. Apesar da água fria, a gente se aventurou nuns mergulhos. Lucas lamentou não ter trazido uma prancha de *body-board*. Foi dizer isso que todo mundo lembrou...

— Renato — disse Jaqueline. — Surfista... Como será que ele morreu?

— Se era surfista, foi na praia, lógico! — concluí.

— Nossa, você só diz isso! — Babi reclamou. — Tem tanta certeza de onde ele morreu... Parece que fala com os mortos!

Ela estava perto de nós, dessa vez. Depois de uma semana em que se recusara a entrar na água, condescendeu ao banho de mar "desde que Lucas tomasse conta dela". Meu primo aceitava com gosto a tarefa de salva-vidas, segurando em seu braço.

Olhei para os dois, pareciam namorados. E continuei falando, mais por ver uma oportunidade de atazanar o clima.

— Às vezes... — Parei e deixei a ideia no ar. Prossegui, desviando o assunto: — A Magali tem umas amigas que sabem como fazer isso, falar com os mortos.

Para minha surpresa (tinha certeza de que Babi ficaria impressionada), ela riu com deboche e cutucou Lucas.

— Acho tudo isso bobeira. Visita em cemitério, presentinho pra defunto...

— Ah, Babi! — disse Jaqueline. — Vai dizer que você também não ficou curiosa com o túmulo do surfista?

— Curiosa é uma coisa. Com medo é outra. — E apontou para todas nós. — Olha só a cara de vocês! Dá um tempo.

Abraçou-se firme em Lucas. Apertei os lábios e soltei:

— Nossa, a menina que tem medo de vaga-lume não tem medo de fantasma.

— Vaga-lume é inseto e *odeio* inseto. Agora, fantasma? Quem é que viu fantasma? Eu só vi o túmulo de um surfista azarado.

Meu primo entrou na dela e deu um caldo na irmã.

— Vai ver o Renato se afogou aqui — provocou e aproveitou a chegada de uma onda. — Esse mar é bravo... Vai ver o fantasma do Renato está esperando aparecer uma garota... pra levar ao Além!

Pulou sobre Jaqueline e a "afogou". Ela saiu da água cuspindo e xingando.

Quando saímos do mar, vovó já havia ajeitado a toalha sobre uns matinhos debaixo da árvore e aberto os refrigerantes.

— Que fome! — disse Magali.

Detonamos os sanduíches. Só depois de matar a fome é que vovó sugeriu:

— Que tal uma foto?

Fizemos pose, sorrisos, caretas. Meia dúzia de flagrantes depois, fomos conferir o resultado no visor da máquina digital. A curiosidade se estendeu também para as fotografias anteriores.

— Tanta foto de cemitério pra quê, vó? — disse Jaqueline. — Parece tão mórbido...
— É para ilustrar a tese. Se der, envio tudo para minha mestranda ainda esta semana, lá da *lan house*. Ela vai adorar! O que já visitou de cemitério em São Paulo procurando material...
— Credo, ela visita cemitério e ainda diz que isso é trabalho universitário? — Babi tentou debochar.
Vovó, porém, resolveu explicar a sério. Falou sobre pesquisa de campo, de identificar ritos e costumes de hoje e de ontem, de que se aprende muito sobre os valores de uma sociedade com o tipo de culto aos mortos professado por ela.
— Nessa pesquisa ela encontrou tantos objetos diferentes... Tem de tudo! Num cemitério de periferia, há um túmulo de criança todo cimentado com brinquedos. Devem ser da criança que morreu, mas por que colocar lá?
— Colocou os brinquedos do filho morto no túmulo? — disse Jaqueline. — Isso é coisa de doente! Essa mãe devia estar mal da cabeça!
— Por quê?
— Ah, vó! — Jackie se irritou. — Sei lá... Não tinha aquele lance dos egípcios, de botar tudo do falecido nas pirâmides? Pra quando ele acordar ter tudo à mão? Pois é isso. Essa mãe parece do mesmo jeito, espera que o defuntinho dela acorde um dia e vá brincar de novo. É uma ideia mórbida.
"Defuntinho", Babi sussurrou para Lucas e ele entrou na dela. Repetiram "defuuuuntiiiinho" esticando as vogais, falando próximo de Jaqueline, de modo que minha prima ouvisse, mas vovó não.
Doutora Magdalena revelava seu lado professoral e defendia a tese.
— O que a Jaqueline falou não está muito errado, não. Alguns povos realmente acreditavam na vida pós-morte. Mas, no caso desse exemplo que citei, não sei se a mãe acredita mesmo que o filho ainda usará os brinquedos. Pode ser uma forma de lidar com o luto. O donativo dos brinquedos serve mais de conforto para quem ficou. É um consolo psicológico para essa mãe.
Vovó começou cada vez mais a usar seus termos técnicos, "relações devocionais", "expressões e artifícios do luto", mas, antes que entrasse em detalhes, Bárbara cochichou algo com meu primo e tirou da bolsa um pequeno objeto. Deixou-o na areia, diante da toalha e sorriu.

— Então tem aqui uma ajudinha pra ela. Dá pra começar uma coleção, né?
Deu foi um branco danado na gente, todos olhando fixamente o pequeno santo de barro, pintado em cores desbotadas.
— Você tirou isso do cemitério?
Bárbara sentiu no tom de voz de vovó que era mancada assumir. Mordeu os lábios e olhou para o lado do meu primo. Vovó insistiu:
— Foi você?
Ela continuou quieta, encarando Lucas, rodando o santo sujinho pelo pedestal.
— Responda!
Afinal, meu primo se acusou.
— Eu peguei ele, vó. A gente, sabe? A gente não achou que era mal e...
— Não *achou*? O que deu em você, Lucas? Isso é desrespeito!
— Mas e a tese? Dona Magdalena, a sua mestra... — Bárbara se atrapalhou com o nome, então prosseguiu falando depressa. — Sei lá, ela fica juntando coisa de cemitério e tudo bem? Então por que ter raiva do que a gente fez? Não foi a mesma coisa?
Vovó suspirou fundo, alisou o farto cabelo grisalho para trás, seu gesto habitual de irritação, e respondeu devagar:
— Menina, não é raiva de vocês. Não sei o que vocês entenderam sobre essas fotos de cemitério... Não tem *nada* de brincadeira! É para ilustrar uma pesquisa séria. Séria e respeitosa, sobre manifestações de luto. De como as pessoas lidam com a dor da perda, hoje e em outras épocas e em outras culturas. Não é para debochar, diminuir ou profanar nada!
— Vó, não foi deboche, a senhora acha que eu ia fazer isso? Que...
— Lucas, não sei o que vocês pensaram, mas você vai, sim, devolver isso ao lugar de onde tirou. Entendeu?
— Tudo bem, vó... — Lucas abaixou os olhos.
Esfregava o pé na areia, formando um sulco cada vez mais fundo, gesto desgastado de quem ainda espera uma bronca maior. Bárbara fez a imagem desaparecer o mais rápido possível entre as roupas e olhava para o horizonte, sem mover um músculo do rosto. Vovó continuou:
— Um pesquisador, um cientista, só merece esse nome se age com respeito. Nunca que um antropólogo, que um arqueólogo pode invadir um sítio qualquer, seja indígena, dos romanos antigos, dos maias, onde

tem corpos enterrados e agir assim, feito um... ladrão. Mesmo quando retira uma múmia ou um esqueleto, tem de agir com respeito. Sempre.

Continuávamos quietos. Vovó parecia muito agitada. Levantou da esteira, murmurou "pelo menos é o que eu acho" e foi para o mar.

— Que mancada, hein, Lucas? — disse a sua irmã.

— Tá bom, tá bom. — Lucas também seguiu para a água. — Eu vou colocar no lugar, então para com isso, ok? Chega desse assunto.

E desse assunto nós chegamos.

No retorno, o tempo voltou a fechar. Rapidamente as nuvens mais escuras se adensaram sobre as montanhas. Vovó dirigiu estranhamente tensa, calada, concentrou-se em fazer as curvas devagar, localizou o muro branco e azul, tornou a estacionar diante do cemitério.

— Pode ir, Lucas.

— Tudo bem, vó. — Meu primo pegou a camiseta com que embrulhara o santinho e saiu do carro.

— Ei, Lucas, você lembra bem de onde tirou o santo? — Bárbara me espremeu para o canto. — Vou junto com ele.

Vimos os dois empurrarem o portão de ferro e sumirem lá dentro. Vovó continuava calada e não nos atrevemos a nenhuma brincadeira, nem sequer sugerir nova "incursão divertida" pelo campo-santo.

Demoraram pelo menos uns vinte minutos. "Será tão difícil assim achar um túmulo nesse cemitério pequeno?", pensei. Quando voltaram, reparei no rosto, mais vermelho e angustiado, de meu primo. Já Bárbara, ah, essa tinha uma expressão que...

Ela me fez lembrar de uma frase de um livro: "Estava feliz igual a uma gata que jantou um ratinho".

O ratinho só podia ser o meu primo.

CAPÍTULO 3

HOJE ME QUESTIONO SE EXISTIU UMA HORA H. Se existiu a encruzilhada: aqui fica o maligno; ali o caminho é de rosas, um desfecho inocente... Seria bom acreditar nisso. Em inocência. Em desfecho.

Seria bom mesmo? Ou procurar pela hora da virada só acrescenta remorso e arrependimento a essa lista de lembranças?

Mas a tentação é grande. E *se*? E se não tivéssemos visitado o cemitério? E se Bárbara não tivesse roubado o santinho? E se ela demonstrasse mais respeito pelos mortos ou, ao menos, um medo normal diante da possibilidade de a alma sobreviver ao corpo finito? E *se, e se, e se*...

Se tivesse realmente que escolher um momento, escolheria a primeira noite em que ficamos sozinhos. Se optasse por um motivo, apontaria o caráter obtuso de Bárbara.

A verdade é que ela era burra demais para acreditar no sobrenatural! Sua atitude leviana no cemitério e sua expressão quando vovó deu a bronca me fizeram lembrar de uns personagens de *O fantasma de Canterville*. No livro de Oscar Wilde, um milionário americano comprava um castelo, recusando-se a aceitar que era mal-assombrado. O espectro podia arrastar correntes ou esfregar sangue no tapete que a família Otis sugeria lubrificantes para evitar rangidos ou produtos de limpeza para liquidar marcas fantasmagóricas... Era gente sem imaginação, gente vulgar. Tudo isso se aplicava também a Bárbara.

Ela vivia no seu mundinho de pequenos e imediatos prazeres e, se reclamava o tempo todo, era como forma de chamar a atenção para si. Discutir ideias ou abstrações a afastava desse universo-do-próprio--umbigo e por isso eram "coisas chatas". Visitar cemitério e respeitar a forma de luto alheia requeria uma sensibilidade inexistente na garota. Daí que o Outro Mundo também faria parte dessa esfera distante dela e, portanto, só merecia deboche ou recusa.

Isso são teorias que penso hoje, que amplio e sofistico hoje. Há seis anos, creio que me movia por algo mais direto, simples e mesquinho: vingança. Provar que aquela criatura não tinha o direito de ser cética com o sobrenatural, posto que era tão tola e apavorada com o natural. Queria uma forma de humilhá-la, de assustá-la.

A chance surgiu com o bingo de vovó.

— Têm certeza de que vão ficar bem?

Era uma pergunta retórica, para usar um termo "magdaliano". Do jeito que vovó estava ansiosa para jogar, só se alguém tivesse algo realmente sério, uma febre de quarenta graus ou um pé torcido, para evitar sua saída naquela noite.

Despedida rápida, o portão da garagem abriu e fechou, o motor do carro acelerou na rua, finalmente ficamos sozinhos.

Nada de mais, não é? Jaqueline e Lucas continuaram de olho na TV, Magali lia um livro, eu folheava o jornal... Bárbara imediatamente se pôs de pé diante de nós.

— E aí? O que vai rolar de diferente?

— Como assim, Babi? — perguntou Jaqueline.

— Poxa, a sua avó liberou a casa... A gente vai perder essa?

— O que se pode fazer? — continuou Jackie.

Não resisti.

— Que tal sexo, drogas e rock'n'roll?

Meus primos me vaiaram e Babi ainda levou um segundo a mais para entender a gozação. Continuou, insistente:

— Sei lá... Tomar alguma coisa, fazer uma batida.
— Nem sei se tem álcool aqui na casa.
— Deixa ela, Jackie — falei. — Vi uma garrafa de vinho debaixo da pia, deve ter uns mil anos, libera pra sua amiga. Quem sabe ela tem uma diarreia e sossega?
— Engraçadinha! — Bárbara disparou contra mim e se voltou para Jaqueline: — Vai, Jackie... Alguma coisa diferente. Tipo sair pra dar umas voltas. Encontrar uns gatos.
— O portão está trancado e vovó levou a chave — observou Magali.
— Mas tem o portão dos fundos, perto da edícula — respondeu Bárbara. — E está com a chave na fechadura. É só querer! Vamos?
Minha prima olhou desconsolada para a varanda. Uma chuvinha persistente já caía há mais de hora. "Noite de domingo de um mês de inverno? Seria a coisa mais rara do mundo achar algum gato", pensei. Mesmo que fosse o de quatro patas...
O silêncio se prolongou e Babi lançou um olhar intenso sobre meu primo. O imbecil até soltou um suspiro e começou a se levantar... Era o que faltava! Ia obedecer à megera para um passeio na chuva ou esperava algo mais? Os dois iam sair sozinhos ou ele tentaria nos convencer? Qualquer uma das opções me pareceu idiota naquele momento.
— Credo, vocês são tudo morto, não têm vontade de fazer nada. — Babi emburrou.
E me veio a ideia. Na verdade, aquilo de certa forma já estava maturando desde a manhã, mas o emburramento de Bárbara coroava a possibilidade. Fiz um sinal com a mão para Magali. Ela demorou um pouco para recordar o seu significado; quando lembrou, sorriu.
— Tem um jogo — comecei. — Coisa bem interessante para uma noite como essa. Coisa séria.
— Magda! — Minha irmã me ajudou. — É *daquele* jogo que você está falando?
— Mais um? — Babi resmungou. — Outra bobagem de criança?
— Não tem nada de infantil nesse jogo, Babi — continuei. — É realmente pra pessoas corajosas. Às vezes a gente consegue respostas bem diferentes daquelas que espera.
— Ah, Magda! — Magali arregalou os olhos. — Eu tenho medo.
— Parem com isso, vocês duas! — Lucas ficava mais curioso. — Que raio de jogo é esse?

— Um jogo da verdade, é? — Bárbara se interessou.
— Muito mais que um jogo da verdade, Babi. É *o* jogo da verdade. A gente vai conversar com quem pode nos dar todas as respostas para perguntas do dia a dia, do destino, do futuro... — respirei fundo e falei devagar: — da vida e da morte.

Olhei séria para cada um deles. Magali segurava o riso a custo...

Umas colegas de Magali volta e meia se reuniam em casa e organizavam aquilo. Comecei a participar por "espírito de porco" e logo minha irmã e eu nos especializamos em alguns truques sutis com os dedos, mas que realmente causavam impacto em quem estava aflita para "buscar respostas com os espíritos", digamos assim. Era covardia propor aquilo sem avisar meus primos, mas valeria a pena, se eu pudesse incomodar Bárbara.

Magali alterou a voz:
— Magda, você não está pensando no...
— O tabuleiro Ouija. Vamos falar com os mortos.

Na hora seguinte fui meticulosa e solene nos preparativos. Coordenei o grupo: afastamos móveis, procuramos velas para "criar um clima", fiz meus primos cortarem papéis no tamanho certo, depois escreverem letras e números neles. Outros dois papéis grandes continham SIM e NÃO. Colocamos tudo em círculo no meio da sala. Quando conferi a cena, sorri.
— Vou buscar um copo.

Procurei na cozinha algo que fosse além de "cristal-geleia", como vovó costumava chamar os copos reutilizados de vidros de geleia ou requeijão. Enfim encontrei, na prateleira embaixo da pia, ao lado daquela velhíssima garrafa de vinho, uma espécie de taça. Tinha pedestal e boca larga. Serviria bem.
— Que tal colocar uma música? — perguntou Jaqueline.
— Nada de música. Precisa ter muita concentração — respondi.

Virei a taça para baixo e apaguei as luzes. Por um instante, o escuro foi profundo, até minha irmã riscar um fósforo e acender os pavios.

Nossos rostos se iluminaram com a luz bruxuleante das velas. Encarei um a um... Lucas olhava sério para a frente. Jaqueline dava risadinhas, apertando a mão de Bárbara. Magali mordia os lábios e tentava mostrar seriedade. Eu agia do modo mais solene; apertei a mão de Bárbara e estendi a outra mão para Lucas. Fechamos a roda de mãos dadas.
Comecei:
— Queremos invocar os espíritos. Com todo respeito, gostaríamos de contar com a visita de alguém que responda a nossas perguntas. Por favor, apareça.
Depois desse convite ao universo, voltei-me para eles e falei em voz baixa:
— Agora a gente deve rezar três pai-nossos. Com muita fé. Tem de fechar os olhos e se concentrar. Nada de rir. Nada de gozação.
Foi dizer isso e todo mundo soltou um monte de risadinhas, mas não eram debochadas. Saíram de puro nervosismo. Esperei que se acalmassem. Entre uns "xiu, quieto, para" cochichados, o povo sossegou.
E veio a reza.
Pai nosso, que estais no céu... Em coro e de olhos fechados, como conferi rapidamente, abrindo e fechando um olho.
Então soltamos as mãos e cada um de nós encostou um dedo no copo. Fiz a pergunta:
— Tem alguém aí?
Era a hora certa para o nosso truque. Olhei de rabo de olho para Magali, bem à minha frente.
O copo lentamente começou a escorregar para o SIM.
— Ai, o que é isso?
— Alguém empurrou.
— Fala sério...
— Tira o dedo pra ver se ele anda.
— Nada disso! — "gritei" em voz baixa. — Não se pode nunca tirar o dedo do copo. Interrompe a comunicação. Nem desvirar o copo sem fazer a despedida. Senão o espírito fica pela casa e é zica. Entenderam?
Concordaram. Voltamos o copo para o meio da roda e pedi maior concentração antes de começarmos as perguntas.
Magali sabia o questionário correto.
— Você é espírito de homem ou de mulher? Quer dizer, você é espírito de mulher?

O copo deslizou para o NÃO. Lucas constatou o óbvio:
— É um cara! Um homem.
Era a dica para a pergunta seguinte.
— Quando você morreu era jovem ou era moço? — continuou Magali. — Quer dizer, era velho?
De novo o NÃO.
— Do sexo masculino e não era velho — resumiu Jaqueline. — Será que era menino?
Imediatamente o "copo" entendeu aquilo como uma pergunta e foi para o SIM e em seguida, um tanto mais ágil, para o NÃO.
— Sim e não? Que resposta é essa? — desconfiou Bárbara.
— Se não era nem velho nem menino devia ser, então... — conduzi a resposta.
— Quem sabe um cara, assim, da nossa idade? — sugeriu Lucas.
Magali voltou-se inteira sobre o copo, perguntou:
— Você pode nos dizer o seu nome?
O copo começou a trilhar sofridamente o circuito das letras: R... E... N...
Antes da letra T Jaqueline soltou um gemido. O ar ficou tenso como corda esticada de violão. Lucas mordia os lábios, Magali se concentrava em deixar o dedo muito leve no copo, Bárbara era a mais neutra de todo o grupo.
— R-E-N-A-T-O — Lucas soletrou e depois resumiu: — Renato... Será aquele Renato, da praia dos quilombolas?
O copo escorregou suavemente para SIM.
Havíamos invocado o espírito certo.

— Não acredito, vocês estão mexendo o copo! — reclamou Bárbara.
— Que nada! — Movi o dedo um milímetro para cima e dei o sinal para minha irmã. — Pode olhar, ninguém está forçando o copo, a coisa é de verdade...
— Justo o Renato! — Jaqueline nada questionava. — Será que ele viu a gente no cemitério?

Magali aproveitou a deixa e levou bem de leve o copo para o SIM. Jackie soltou um gritinho e tapou a boca, excitada.

Aproveitamos para continuar o show com perguntas genéricas, "você nasceu aqui no litoral?", "sua família morava aqui?', "do que você gostava?", coisas que permitiram respostas monossilábicas ou de fácil condução do copo, como duas vezes "sim" e uma "do mar". Mesmo assim, quase dei uma gafe quando fui direto para a letra M na terceira pergunta e Magali ainda colocou um "do" à frente daquilo que o defuntinho mais amara em sua breve vida.

Era bem leviano (ou safado?) da nossa parte manipular a credulidade dos nossos primos e da pamonha da Bárbara, mas não tivemos muito pudor com isso naquela noite. Na verdade, nem nas outras vezes com as amigas da Magali. Nunca acreditei em qualquer um daqueles espíritos invocados; o pessoal fazia perguntas fáceis, cujas respostas a gente antecipava conjuntamente. Então, uma iniciava o processo de deslocar suavemente o copo, até que a outra pudesse dar um empurrão mais decidido. Assim, quando alguém disparava a dúvida, "Magali, você está empurrando o copo!", ela podia aliviar o dedo enquanto eu prosseguia na tarefa de espírito-de-porco-que-sacaneia-amigas, por exemplo. E, claro, vice-versa.

Jaqueline frustrou esse nosso esquema básico ao perguntar em seguida, com voz rouca e profunda:

— Como é morrer?

"Sai dessa, dona Magda", pensei, já imaginando como conduzir uma resposta coordenada com Magali. Ela foi mais rápida e o copo sinalizou F-U-N-D-O.

— O que ele quis dizer com isso? — perguntou Lucas. — Fundo? Será que é sobre o túmulo, que fica debaixo da terra?

— A morte é funda? Morrer é ficar em lugar fundo, profundo? — conjecturou minha prima.

— Um lugar profundo... — Fingi refletir com intensidade, apertando os lábios. — Pode se referir, quem sabe, ao local da morte. Não é mesmo?

Bárbara se antecipou:

— Como você morreu?

Essa não foi uma pergunta que mereceu resposta muito elaborada: A-F-O-G-A-D-O construiu-se letra por letra.

— Então você tinha razão — disse-me Jaqueline. — Esse garoto morreu mesmo afogado.
Fiz a pergunta seguinte.
— Renato, você morreu em que praia?
O copo seguiu para o NÃO. "Que resposta ruim", pensei!
— Não? O que quer dizer isso? — disse Jaqueline.
Vim com a interpretação.
— Vai ver ele quis dizer que não se afogou numa praia.
— E onde mais podia ser? — disse Bárbara.
— Podia ser num rio — prossegui a explicação.
— Ou numa piscina! — completou minha irmã.
Azedei esse aparte infeliz com uma careta. Aonde Magali queria chegar com isso? Dar detalhes de um afogamento numa piscina significaria uma longa caçada de letras meio que se atropelando até a gente conseguir um ritmo coerente de respostas. Era fria entrar por aquele caminho.
Por sorte, minha prima se desinteressou dos detalhes da morte.
— Magda, você disse que a gente podia fazer perguntas pessoais... É isso?
Aproveitei a deixa.
— Claro. Muitas vezes o espírito responde. Pergunta pra ele, quem sabe?
Timidamente, Jackie voltou-se sobre o copo e sussurrou:
— Sabe, Renato... Tem um carinha na minha classe... Ele é legal e eu queria saber se o que eu estou pensando, se isso vai rolar, entende?
Interrompi:
— Poxa, Jackie, ele é espírito, mas não lê pensamento, você tem de falar!
— Tenho vergonha! — Mas bem que se acelerou nas perguntas seguintes. — É o Rodrigo. Ele vai na festa da Carolina no mês que vem? Ele gosta mesmo de mim, como falou o Guilherme? Ele vai me dar um beijo?
As letras pediram C-A-L-M-A.
Todo mundo riu.
— Você deixa até o espírito maluco, Jackie — disse meu primo. — Não aguento mais o tal Rodrigo... Ela só fala dele!
Jaqueline repetiu as perguntas, dando tempo para respostas otimistas. SIM para a ida à festa, gostar de minha prima e dedicar o mais romântico beijo para a criatura.

Jaqueline riu satisfeita e prosseguiu na enquete:
— Diz também se ele vai...
Lucas interrompeu:
— Poxa, agora é só você? Também tenho perguntas!
Resolvemos criar regras para o interrogatório. Um por vez, cada qual com apenas duas perguntas, silêncio enquanto o copo respondia letra a letra, tão devagar... Gostei de ver que Bárbara acrescentou, a esse questionário, perguntas levianas e crédulas sobre uma viagem com os pais no *réveillon* e um provável apaixonado em seu curso de inglês. Aderi ao jogo perguntando também sobre um hipotético vizinho interessante e Magali entrou por essa linha, comentando sobre um colega de classe.

Assim a primeira noite passou depressa e, se houve alguns momentos de desconfiança, acabaram diluídos pela performance otimista de nosso fantasma.

CAPÍTULO 4

MORMAÇO FORTE, MAS SEM SOL. O povo todo meio espalhado na praia, só eu e Jackie perto da cadeira de vovó. Ouvi sua inusitada pergunta.

— Vó, a gente pode falar com os mortos?

— Como assim, querida?

Arregalei os olhos e careteei um "não", mas ela sequer olhava para o meu lado. Prosseguiu:

— Fantasma, entende? Depois que se morre. Dá pra gente conversar com os espíritos?

Vovó fechou o livro e ajeitou os óculos. A pose da explicação. Que veio.

— Existem religiões e seitas que acreditam nisso. Espiritismo, comunicação com os desencarnados. E existe gente que crê nos fantasmas, que o espírito da pessoa, em certas circunstâncias, pode permanecer na Terra depois que o corpo físico morre.

— Então dá pra se comunicar, é isso?

— Depende da crença da pessoa... — Vovó sorriu.

— E a senhora acredita?

— Não sei. Para dizer a verdade, nunca estudei muito essas manifestações, mas minha orientanda citou na sua tese uns casos bem interessantes, sobre espectros e casas supostamente mal-assombradas.

— Verdade? — Entrei com tudo na conversa e me joguei na esteira bem ao lado de Jaqueline. — Vó, conta uma dessas histórias. Também quero saber, não é só a Jackie que é curiosa. É sobre fantasma, né?

— Não é bem sobre fantasmas... — Vovó mordeu o canto do lábio, o olhar vago de quem puxa pela memória. — Os cientistas descobriram que boa parte desses acontecimentos sobrenaturais, objetos que se movem sozinhos, cheiros estranhos, queda de temperatura, têm explicações naturais. Coisas como correntes subterrâneas ocasionais, sugestão psíquica. *Poltergeist*, por exemplo...
Jackie interrompeu:
— Já assisti a um filme com esse cara. *Poltergeist* é uma espécie de duende, né?
— Mais ou menos isso. *Poltergeist*...
Foi minha vez de interromper.
— Um espírito malandro, coisa de armar confusão, assim igual ao nosso saci.
— Também é mais ou menos isso. — Vovó se armou de paciência. — Na origem alemã da palavra era isso, um saci, vamos chamar assim, que derrubava coisas, atormentava bichos e pessoas, fazia ruídos estranhos. Mas os parapsicólogos atuais associam esses fenômenos a causas naturais. Certas pessoas sensitivas, num momento de estresse, podem criar a telecinesia.
Antes que eu ou Jackie a atropelássemos com observações, vovó deu a definição.
— Telecinesia é o poder de mover objetos sem tocá-los. Em muitos casos, um jovem, um ou uma adolescente, é o estopim desses acontecimentos.
— Por que isso, vó? — perguntei.
Ela deu de ombros.
— Não sei direito, não estudei isso. A minha orientanda é quem citou todos os casos.
— Vó, então nada é real? Casa mal-assombrada, alma penada, nada?
Vovó ficou com dó do desconsolo de Jaqueline e lembrou um caso.
— Foi na Inglaterra, acho que na década de 1960. Foi bem documentado, mas os estudiosos não puderam associar a *poltergeist*, porque não havia adolescentes envolvidos, e nem puderam localizar correntes de ar estranhas ou sugerir fraude. Não me lembro dos nomes, nem do local correto, só sei que uma mulher solteira comprou a casa que havia sido de uma senhora, também sozinha, que morou ali por mais de trinta anos. A compradora disse que desde o primeiro dia teve a forte sensação

de que era observada, em todo lugar e a toda hora. Havia comprado a casa "de porteira fechada", como se diz, com toda a mobília dentro. De início, sentia-se muito cansada e estava sem dinheiro para fazer mudanças. Mais ou menos seis meses depois que fez a compra, iniciou uma reforma e aí sim os problemas começaram. A tinta que os pintores preparavam num dia aparecia jogada no chão no outro. Desapareciam objetos simples, como pincéis e brochas. A mulher resolveu colocar uns quadros na parede e, no dia seguinte, estavam todos em posições diferentes. Um vizinho que conhecia a antiga moradora disse que aquela era a disposição de antes. A nova dona insistiu em decorar do seu jeito, mas sempre alguma coisa acontecia para prejudicar seu trabalho.

— Era como se o fantasma da antiga dona não aceitasse mudanças — completei a ideia.

— Verdade, vó? — disse Jackie.

Vovó concordou comigo:

— Pelo relato, parecia isso. A permanência do espírito na casa e sua atitude de rivalidade com a... "intrusa", vamos dizer assim, nos levam a crer isso.

— E o que aconteceu com ela, vó? — perguntou minha prima.

— Não me lembro de todos os detalhes, mas não foi muito bom. Parece que a dona começou a sofrer quedas e acidentes estranhos na casa. Sentia a presença de gente atrás dela, a seu lado na escada, toques, empurrões... De tanto que o fantasma agiu como dono do local e incomodou a mulher, ela preferiu se mudar. Ficou com medo de sofrer algum acidente mais sério.

Vovó deu a história por encerrada pegando os óculos e o livro.

— Só isso? — Jackie parecia desapontada. — Pensei que a história ficasse mais apavorante.

— Acho que eu é que não sei contar histórias de fantasma com muita graça — disse vovó, sorrindo. E perguntou: — Mas por que quer saber disso, Jaqueline? Viu algum fantasma, ou o quê?

Antes de ela responder, cutuquei seu braço.

— Curiosidade todo mundo tem, né, vó?

Minha prima desconsiderou meu cutucão e fez nova pergunta.

— E falar com os mortos. Dá pra falar com eles?

— Eu não sei, Jaqueline. Mas, se isso é verdade, creio que teria de ser em circunstâncias especiais. Algum rito, organizado por uma espécie de médium... Pelo menos é no que acreditam os espíritas. A ciência já avalia alguns fenômenos pelo ponto de vista da parapsicologia, fenômenos de energia que os próprios humanos podem ocasionar. Olha, tenho uns livros no meu quarto, consultas da minha mestranda. Talvez ali tenha alguma coisa que mate sua curiosidade.

Vi Bárbara e Lucas perto do sorveteiro e praticamente forcei minha prima a me acompanhar. Mal demos uns passos, sapequei um puxão no cabelo dela.

— Ei! — ela reclamou.

— Maluca, o que deu em você? Se a vó descobre o jogo do copo, ela come a gente viva. Não ouviu a bronca que ela deu no Lucas por causa do santinho? Vai dizer que é desrespeito.

— Eu só queria saber a opinião dela! Não ia dedurar nada. — Enfezou e caminhou mais depressa.

Gritei:

— Vai por mim, Jackie. Deixa a vó fora disso, tá?

Alcançamos a turma e o sorveteiro.

— E aí? — Bárbara parecia bem-humorada. — Vamos fazer o jogo do copo de novo esta noite?

— Claro — respondi. — É só a vovó sair para o bingo.

— Será que o tal Renato aparece de novo? — Lucas ofereceu seu sorvete.

Recusei e lancei meu melhor sorriso.

— Pode ter certeza que a gente consegue um bom visitante para o jogo. Com respostas bem interessantes.

Dessa vez foi tudo mais rápido e convencional. Vovó fez questão de beijar cada um de nós, soltou sua retórica pergunta "ficarão bem?", ouviu a também programada resposta "claro, vovó", trancou a casa e, mal ouvimos o carro acelerar, afastamos os móveis e ajeitamos as almofadas.

Esperei que Magali acendesse as velas para buscar o "kit espírito" em nosso quarto. Na véspera, recolhi os papéis e o copo numa caixa vazia de sapatos e escondi tudo debaixo do beliche. Por cara ou coroa, eu tinha ficado com o beliche de baixo do da minha irmã e de frente para o de Bárbara.

Ajeitei rapidamente o tabuleiro Ouija improvisado e, depois das orações e evocação, nos preparamos para a chegada espiritual.

De Renato, claro.

— Parece que esse cara gostou mesmo da gente — disse Jackie, depois de o espírito soletrar o próprio nome.

O copo foi para o SIM, motivo de um comemorativo "êêêêêê, legal".

Aceitei a deixa do *gostar* e puxei o assunto amoroso, semelhante ao da noite passada: quem gostava de quem, quem tinha uma paixão não revelada, quem ainda ficaria com quem...

Mais ou menos uma hora depois, quando as nossas perguntas pessoais já se esgotavam, estendi a consulta para o próprio orientador.

— E você, Renato? Gosta de alguém?

A resposta foi SIM.

De novo, um coletivo e irresponsável "huuuuuuum, apaixonado". Lucas perguntou:

— Verdade, Renato? É alguma garota da praia?

NÃO.

— De onde? — continuou Lucas. — Da sua escola, de outra cidade?

— Você gosta mesmo dessa pessoa? — perguntei em cima da fala de meu primo, para não dar tempo de o "espírito" responder outra coisa além do que eu desejava.

A-M-O se formou letra por letra.

— Ele *ama* alguém? — repetiu minha irmã, uma ruguinha desconfiada na testa e olhares mortais em minha direção. — Não entendo o que ele quer dizer.

— Acho que entendo. — Fui arrogante e explicativa. — Não é que o Renato *gostava* de alguém. Na verdade, ele ainda gosta, ele ainda ama! O fato de alguém morrer pode, sei lá... não interromper o sentimento. Não é isso?

Para minha satisfação o copo respondeu SIM. Encarei todo mundo, as brincadeiras pararam, rostos sérios. O clima ficou como eu queria. Falei em voz baixa, quase rouca:

— Essa pessoa de quem você gosta, que você acha especial... onde ela está?

Letra a letra: A-Q-U-I.
— Ah, gente, para com isso! — reclamou Jaqueline, movendo a mão.
— PARA COM ISSO você, Jackie! Sabe que não pode tirar o dedo do copo. — E então virei-me para nossa roda espiritual. — E quem é, Renato? Quem é essa pessoa de quem você gosta tanto, que você ama?
B-A-R-B-A-R-A foi a nossa resposta.
Silêncio. Copo imóvel, nós todos também.
Até Bárbara cair na risada.
— Que bobagem, quanta besteira! Um defunto apaixonado?!
— Olha o respeito, Bárbara! — exigiu Jaqueline.
Bárbara ameaçava tirar o dedo do copo. Reclamei:
— Não pode se afastar, Babi. Você sabe que...
Mas ela agia entre irritada e divertida. Jogou o cabelão para trás, não tirou o dedo do copo, mas falou bem em cima dele:
— E por que você está apaixonado por mim, hein, caro Renato? Defuntinho surfista... Por quê?
B-O-N-I-T-A deixou Bárbara mais tranquila. E o copo completou: L-E-G-A-L.
Babi riu. Nós rimos. Um riso ainda meio tenso, mas os ombros deram uma afrouxada, suspiros de quem está pegando mais leve.
— Então tá — ela continuou. — Acho que eu devia dizer "obrigada", né? Nunca recebi cantada de defunto antes.
Depois mudou de assunto, falou para todos:
— Gente, vamos parar? Essa conversa com o copo já está cansando. Meu dedo está até duro de ficar reto desse jeito.
— Está esfriando — completou Jackie, apertando os braços. — Quero pegar uma blusa.
— A gente podia fazer pipoca — sugeriu Magali.
— Então é isso? Vocês querem mesmo parar? — perguntei.
O copo foi rápido para NÃO.
— Acho que ele não quer ir embora — disse Jackie.
NÃO rápido outra vez.
— E agora? — A voz de Jackie tremeu. — E se ele...
— Calma, pessoal. Nós estamos no comando. — E falei para o copo:
— O que há, Renato, você quer dizer mais alguma coisa?
B-A-B-I.
— Para a Bárbara? Você quer falar com a Bárbara?

— Para de perguntar, Magda! — disse Bárbara. — Vamos só parar com esse jogo e...
— Não é assim — observei. — Você sabia disso antes. A gente tem de se despedir direito.
— Deixa ele falar, Babi — pediu Lucas. — Pra gente saber o que ele quer.
E o copo foi lentamente caçando as letras: A-M-O-B-A-B-I. Foi para o NÃO e depois continuou, letra a letra: M-E-D-E-I-X-E.
— Nossa, ele se apaixonou de verdade — disse Magali.
— Agora você também vem com esse papo? — Babi fuzilou minha irmã e de novo afastou o cabelão com uma mão e resmungou para o copo: — Legal, você gosta de mim, tudo de bom, acho você do caramba, veio do Além pra dizer isso, mas agora a gente vai parar e vai embora cuidar da vida e você...
A-M-A-N-H-A foi soletrado.
— Manha? Quem está com manha? — interpretou Babi.
Precisei explicar para aquela pateta.
— *Amanhã*, Babi. Acho que ele quer saber se a gente volta amanhã.
O copo seguiu para SIM.
— Tá bom, tá bom. Se ele for embora com essa promessa, ok e tchau — completou ela.
Confirmei com os outros o fim da sessão e fizemos as despedidas de praxe. *De praxe?* Não era bem assim... Enquanto recolhia os papéis e o copo, fiquei bem satisfeita de ver que Babi podia estar movendo os braços para os lados, "vai dar é cãibra", podia rir de um jeito boçal para meu primo, podia falar de boca mole "até defunto apaixonado por mim, essa é boa", cobrar a promessa da pipoca com a minha irmã, mas...
Eu sabia. Ela estava assustada.

CAPÍTULO 5

FUI A PRIMEIRA A ACORDAR. Andei meio zumbi até o banheiro, com um ruído assobiado constante e incomum nos ouvidos. Depois vagueei pela casa e parei diante da vidraça da sala. Aí constatei que o zumbido era do vento, levantando folhas e agitando areia pelo quintal. Da varanda olhei para o relógio de parede, 7h40. E só então reparei em nosso presente.

No meio da sala, novinha. Vermelha e prateada, com as rodas ainda embrulhadas no plástico, uma bicicleta aro vinte e o bilhete da vovó:

Dessa vez tive sorte! Viu como compensei as cartelas?
Um presente para vocês.

Sorri. Imaginei "redundantemente" que a compensação não compensaria todas as cartelas que ela agora se sentiria liberada para jogar nos próximos dias, porque a quermesse continuava. Mas era pensamento maldoso ou mal-humorado; afinal, a bicicleta era nosso presente!

— Ei! — Uma voz e uma pancada no vidro.

Levei um susto enorme, sem motivo, porque o sorriso da mulher era simpático. Segurava a saia para o vento não a levantar e me acenava do lado de fora. Falou mais um monte de coisas, não entendi. Tentei abrir a porta de vidro, trancada. Ela acenou para os fundos. Fui para lá.

A mulher tinha a chave da cozinha e destrancava a porta quando a encontrei. Era morena e miúda, devia ter uns 40 anos. Seu sorriso constante revelava dentes muito claros, destacando-se no bronzeado do rosto.

— Bom dia! A mocinha é sobrinha da dona Inês?

— Desculpe, nem sei quem é essa dona Inês. Minha avó conseguiu a casa emprestada de uma amiga, vai ver é ela.

— É, dona Inês avisou que vinha gente aqui em julho. E aí, você e sua avó estão gostando da casa? Não deu pra vir na semana passada, meu caçula andou doente, mas compenso as faxinas nessa semana, tudo bem? Está tudo em ordem? Panela de pressão, talheres, trouxeram roupa de cama? Se precisar de cobertor, tem uns de reserva na despensa, posso...

— Iupiiiiiiii! — Magali invadiu a cozinha pedalando a bicicleta. — Quer dizer que a gente ganhou um presente, hein?

Apresentei minha irmã e ficamos sabendo que o nome da faxineira era Camélia. Falei do bingo da vovó e da sua sorte inesperada. Camélia nos ouvia e não perdia tempo; foi lavando a louça da véspera e separando produtos de limpeza.

— Aqui, volta e meia tem festa religiosa, com prêmio bom. Na paróquia de São Bento eles sorteiam até carro zero. Quer que faça o café?

Aceitamos. Ela continuou falando, sobre um parente que certa vez ganhou um bezerro na quermesse e depois ficou com dó de matar o bichinho. De festas religiosas fomos para passeios turísticos. Enfim, juntando mais ou menos os dois assuntos, contamos sobre nossa visita à praia dos quilombolas.

— Dona Camélia, a senhora conhece um cemitério, na estrada de terra que sai na praia?

— Claro. É o cemitério municipal, o único aqui nessa região. Outro só lá no centro. Por quê? Vocês entraram lá?

Confirmei. E aproveitei para perguntar sobre o túmulo do surfista.

— Aquele com uma prancha em cima? Conheço, claro que conheço! É o túmulo de um menino, morreu tem uns anos. O nome dele era... Renato, é isso! Por quê? Vocês conheciam ele?

Minha irmã ia e voltava com a bicicleta pela sala, mas foi ouvir o nome do defuntinho que parou na hora. Largou a bike num canto e sentou conosco na mesa da cozinha. Camélia terminou de coar o café e colocou o bule na mesa, com bolachas, leite e manteiga. Mal foi preciso convite e ela se acomodou conosco para o café da manhã. Tinha sim uma história real a contar sobre o Renato.

— A família dele veio de longe, acho que de Minas. Moravam até perto de onde moro agora. Gente do interior, entende? Que nunca ligou pra praia. Já Renato gostou mesmo do mar e olha que aprendeu a nadar só depois que chegou aqui, como me disseram. Vivia com aquela prancha, pra cima e pra baixo. Dizia que ia surfar de verdade, como profissão, viajar o mundo com a prancha. Andava de bicicleta segurando a prancha debaixo do braço e ia pra tudo que é praia, até aquelas bem longe. Pelo menos foi isso que o meu filho mais velho me contou; ele foi, assim, meio amigo dele. Tadinho. Morrer daquele jeito...

— Foi afogamento, né? O Renato morreu afogado — mais afirmei do que perguntei.

Para nossa surpresa a resposta foi negativa.

— Não, o menino morreu atropelado. Bem longe da praia. Foi coisa de acontecer de manhã cedo, madrugada. Parece que ele ia surfar no Saco do Ribeirão e seguiu pela estrada com a bicicleta. Devia estar escuro e o motorista não viu. Dizem que foi um caminhão que pegou ele de cheio. A prancha voou longe, acharam ela no mato, só depois que levaram o corpo. O pior é que atropelaram e fugiram. Acho que a família nunca encontrou quem fez aquilo.

— Então, por que colocaram a prancha no túmulo? — perguntou Magali.

— Era a paixão dele, entendem? E depois, a família era do interior, nunca ninguém viu graça nessas coisas do mar. Era mais útil deixar a prancha com o menino.

"Útil?" Lembrei do que vovó havia contado, das estranhas homenagens aos mortos. "Era mais útil", repeti mentalmente. Como se uma prancha de surfe ainda tivesse utilidade para um morto. E me surgiu outra ideia: só se ele surfar pelas ondas do Além. Vai saber.

Camélia suspirou e levantou.

— As meninas terminaram o café? Querem mais alguma coisa? Se não se importam, vou varrer o quintal. Não vai ajudar muito com esse vento. Vento que vem da terra pro mar é sinal de chuvarada, mas pelo menos ajunto as folhas.

Liberamos a mulher e deixamos a mesa posta, para o pessoal que dali a pouco levantaria. Mal Camélia saiu, Magali se virou para mim.

— Está vendo o que você fez, Magda? Não sei por que invocou tanto com o tal afogamento! Ainda bem que a Bárbara está dormindo, se ela ouvisse essa história, descobria na hora a cachorrada da gente no jogo do copo.

— Descobria nada — desconversei.

— Você acha? Ela já não acredita muito naquilo e aí...

Revidei:

— E você, com o tal FUNDO? Maior dificuldade em ajeitar a história e você pergunta se não era afogamento numa piscina? Me poupe!

Foi a vez de Magali desconversar.

— Que papo foi aquele de fazer defunto apaixonado pela Bárbara?

— Não gostou? — Roubei uma maçã da fruteira e esfreguei a fruta debaixo do seu nariz.

— Achei péssimo! Ela já é toda cheia de si e você ainda dá mais corda? O que é que você pretende com isso?

Não respondi "vingança" porque meu primo entrou na cozinha.

— Ei, uma bicicleta!

Explicamos então o inesperado presente de vovó e nossa conversa parou por aí. O despertar "preguiçoso" mudou para um turbilhão, com Lucas acordando todo mundo e sugerindo:

— Praia com magrela! Gente, vem ver o que a vovó conseguiu pra nós!

Antes da ida à praia houve um incidente que quero contar. Não me pareceu muito importante no momento, mas, depois que juntei todos os detalhes, e ainda mais hoje, quando rastreio motivos e minúcias do contato com o Além, acho bom registrar o fato.

A última a levantar foi vovó, que imediatamente simpatizou com a empregada. Camélia também era "bingueira" e se puseram a contar histórias de sortes extraordinárias e imprevistos do azar. A mesa do café ficou posta até as 11 horas, quando finalmente o sol se firmou. Vovó não quis ir à praia, resolveu aproveitar a ajuda inesperada e adiantar vários cardápios de congelados. Mas permitiu que a gente fosse estrear a bicicleta.

Então estávamos com aqueles preparativos, "viu o protetor solar?", "cadê minha canga?", "me empresta uma camiseta?", indo e voltando pela casa, até que acabei nos fundos, procurando o biquíni no varal. Cena tão estranha... Durou só um instante, mas surpreendeu.

Pela madrugada e até pela manhã tivemos vento forte, mas no minuto em que fui ao quintal captei um momento de total calmaria. Uma paz de suspense, sem barulho e sem ação.

Então eu os vi. Um pouco adiante, numa árvore sem folhas, estava o grupo de urubus. Devia haver uma dezena deles, alguns de asas abertas, outros fechadas, com seus corpos alongados semelhantes a frutas. O conjunto inteiro lembrava uma pitoresca (ou arrepiante) "árvore de urubus", como se eles fossem os frutos pendendo dos galhos. E essa ideia se reforçava pela total imobilidade das aves...

Como disse, foi um quadro; "natureza-morta", pensei. Virei para o varal, peguei a roupa, desvirei e vi Bárbara mais adiante, rente ao muro. Os urubus estavam praticamente sobre a sua cabeça. Não resisti.

— Ei! — Apontei a árvore.

Ela se virou e parou. Para minha decepção, ficou imóvel e plácida. Do jeito que ela era nojenta, aquilo deveria despertar gritos de asco, "iiiirc", reclamações... Nada. Olhou e olhou, depois se virou para mim.

Com o mesmo sorriso no rosto. Como se fosse a coisa mais comum do mundo topar com urubus-frutas enfeitando árvores. Como se os visse a todo instante ou tivesse grande amizade por eles.

A praia virou pista de *bicicross*. Ninguém se atreveu a entrar na água. O máximo que Jaqueline fez foi tirar-colocar a camiseta; o restante de nós, sequer isso. A bicicleta era a grande novidade.

Minha coordenação motora nunca foi boa, e também nunca aprendi a andar de bicicleta. Aquela seria a ocasião perfeita para tentar, mas desisti antes disso. Sentei sobre a esteira e fiquei vendo o pessoal se divertir com os passeios.

— Quinze minutos pra cada um — liderou Lucas, cronometrando o horário em seu relógio digital.

Jaqueline foi a primeira. Meio insegura, fez um longo passeio à beira-mar; a areia dura evitava encalhar. O vento a empurrou facilmente para o limite da praia, onde um rio e uma montanha finalizavam o horizonte. Seu retorno foi arrastado e difícil. Chegou sem fôlego até a gente.

— Quer saber? *Passo* meus cinco minutos finais. — E se jogou na esteira.

— Então eu fico vinte minutos — disse Magali, já encarando a magrela.

Foi precipitação dela. Teve a mesma facilidade que Jaqueline, pedalando a favor do vento; na volta, se arrastou e brigou com a ventania. Acabou também desistindo dos minutos finais a que tinha direito.

— Quanto vocês apostam que pedalo meia hora sem parar? — disse Bárbara.

"Essa molenga?", pensei. Era aposta ganha votar contra. E foi o que fiz.

— Duvido que fique dez minutos, Babi. Aposto o que você quiser.

— Mesmo? Qualquer coisa?

— Sei lá, depende...

— Você apostou. O que eu quiser.

Suspirei fundo e me estiquei na esteira. Resolvi encarar a brincadeira.

— Meia hora? Vamos fazer o seguinte. Se você pedalar quarenta minutos eu faço o que você quiser, desde que não seja — imitei uma frase de um rock — "imoral, ilegal ou engorde". Tá limpo?

Meus primos deram risada. Babi confirmou que eles eram testemunhas do nosso trato e se ajeitou no banquinho. Girou os pedais ao contrário por um instante, conferiu a altura do guidão e partiu.

Para o lado contrário, na direção da cidade. Pedalava duro contra o vento, ultrapassou a amurada que isolava a praia da estrada e continuou.

— Que safada! — exclamei. — Na estrada a gente não pode acompanhar. E se ela resolve parar?

— Vamos atrás dela — disse Lucas.

Por mais depressa que a gente andasse, alguém de bicicleta era bem mais rápido. E, para minha decepção, tive de concordar que Babi parecia uma ótima ciclista. Jaqueline foi a primeira a desistir.

— Quer saber? A aposta foi sua. Vou voltar pra esteira.

Magali a acompanhou. Andamos por uns metros, o vulto da ciclista se perdendo de vista. Então iniciou a ladeira, e Babi sumiu na curva.

— Acho melhor a gente esperar aqui — disse Lucas, apontando para o muro de uma casa.

O vento continuava forte, vindo em rajadas que aumentavam e diminuíam, soltando poeira em nossos olhos. Senti uma estranha apreensão, sem motivo aparente. O que poderia acontecer com Bárbara? Poucas pessoas se aventuravam pela orla, mal vimos dois carros na pista e o máximo que uma pedalada poderia causar era dor nas pernas.

— Que horas são? — perguntei.

Lucas conferiu no relógio e disse que Babi já pedalava por 25 minutos.

— Será que ela sacaneou? Está paradinha além da curva, só esperando o tempo da volta?

— Você é que se meteu nessa aposta besta, Magda. Problema seu.

Tinha razão. Pensei em retomar a caminhada, mas a curva estava tão longe... Dez minutos depois, tornamos a ver a silhueta da ciclista no meio da estrada, descendo a ladeira com velocidade. Mesmo que ela tivesse dado um tempo, só de ter subido aquele caminho já revelava um ótimo fôlego. Levantamos e esperamos por ela.

Foi quando vimos outra grande figura na estrada. Um caminhão que se aproximava bem depressa da ciclista embalou na ladeira em alta velocidade, acima dos oitenta quilômetros por hora permitidos.

— Babi! Cuidado, atrás de você...

Gritei e gesticulei. Claro que ela não poderia nos ouvir, se mal e mal enxergava a gente, tão longe! Pedalava entretida e parecia não perceber nada às suas costas. Senti um arrepio de horror. Por que aquilo me parecia um *déjà-vu*, estranhamente familiar?

— Bárbara, Bárbara! — Lucas ficou no meio da estrada, acenando.

— Sai daí!

Ela e o caminhão terminaram a ladeira acelerados e agora eu podia enxergar seu cabelo longo se movendo em torno do rosto, a uns trezentos metros de nós. O caminhão buzinou roucamente e isso me arrepiou como se fosse um gemido, um grito de aviso, enquanto Babi nada ouvia e continuava em sua apressada corrida diante da morte.

"Morte", pensei. Senti o gosto ácido na boca, o que me impedia de gritar.

De repente, quando o caminhão estava encostando nela, a uns cem metros de nós... quando o próprio Lucas se afastou da estrada e continuou gritando... quando antecipei o futuro numa massa sangrenta no asfalto... quando tudo parecia iminente e programado, Bárbara esterçou a bicicleta para a margem da pista e soltou os pés, rindo gostosamente enquanto o veículo passava pela gente, assobiando nas oito rodas da carreta e no lamento da buzina.

— Ganhei, não foi? — Pegou fôlego e riu. — Ganhei de você, Magda!

— Ganhou, Bárbara? — Eu estava furiosa. — Você quase ganhou uma passagem pro Além, sua...

— O quê?

— Não viu o caminhão? — disse Lucas.

— Caminhão?

— É, ele buzinava e pedia passagem e... — Apontei para o lado onde deveríamos ver a traseira do caminhão.

Olhamos e olhamos para a pista.

Nada. A estrada prosseguia, prateada em seu asfalto reto, até mais adiante, onde se formava uma nova ladeira. Nem sinal de carro, moto, caminhão.

— Para onde ele foi? Estava rápido, mas não ia sumir! — falei.

— Sumir o quê, gente? — Babi ria, divertida e inconsequente. — Vocês estão de zoeira.

Lucas firmou os olhos.

— Acho que ali... Não parou ali?

Na margem oposta à praia havia um tufo de árvores, mais ou menos a trezentos metros de nós, paralelo à via de acesso a uma vila de casas. Talvez houvesse um contorno metálico entre a vegetação...

— É, acho que o caminhão virou ali — preferi concordar. — Mas foi bem rápido, a gente nem percebeu.

— Que caminhão? Do que vocês estão falando? — Babi olhava para nós; depois desistiu do assunto, virou os pedais com força e completou: — Pois você me deve uma, dona Magda! Não ganhei a aposta?

— Diga o que você quer — concordei, mal-humorada.

— Só falo de noite. Quero pensar bem no que vou pedir.

E, de noite, a maior surpresa no jogo do copo foi a chegada de outro espírito.

— R-O-B-E-R-T-O? — soletrou Lucas. — E essa, agora!
Expliquei:
— O tabuleiro Ouija é aberto ao espírito que puder vir.
— Será que ele também responde perguntas? — indagou Jackie.
— Não interessa! — Babi revelou seu mau humor. — Chama o Renato.
— Como assim, *chama*? — reclamei. — Isso não é telefone, Babi!
Desviramos o copo, fizemos as orações, conjuramos novo espírito. A-N-I-TA. Apresentou-se como uma senhora falecida aos 64 anos de idade e soletrava errado: cravou B-O-A-V-I-A-J-E como local de origem.
— Tira essa *coisa* daí! — gritou Bárbara.
Eu ri.
— Se a gente pudesse...
— Despacha ela, chama o Renato! — insistiu Babi.
— Vocês concordam? — perguntei ao grupo.
Meio relutante, o pessoal topou. Fizemos novas orações e conjuramos dessa vez um rapaz, que dizia se chamar Paul, falecido aos 19 anos.
— Esse cara pode ser interessante — sorriu Jackie.
— Não acho!
— Poxa, Babi, você não manda na gente, sabia? — rebelou-se minha prima. — E se eu quiser conversar com ele?
— É — disse Lucas. — Um cara novo, quem sabe o Paul é gringo? Ele podia...
— Não, não quero! Quero o Renato!
Impasse. Todo mundo com o dedo sobre o copo e os olhares irritados fuzilando daqui e dali. Afinal, Babi se virou para mim.
— Lembra da aposta, Magda? Da bicicleta?
— Sei.
— Então eu vou pedir. Eu quero, entende, eu quero que você traga o Renato agora.
— Mas não depende de...
— Você já fez isso um montão de vezes. Você e a Magali. Se vocês quiserem, conseguem, não é?
Olhei para minha irmã. Discretamente ela ergueu a sobrancelha. Ok. "Se é isso o que você deseja", pensei, "é isso o que vai ter, cara Bárbara".
— Está certo. A gente pode tentar.
Conjuramos o espírito, dessa vez chamando pelo seu nome. Rezamos mais vezes e com maior concentração. A contragosto, meus

primos participaram da cerimônia. Quando fiz a pergunta "tem alguém aí?", eu mesma me surpreendi com o vigor com que o copo seguiu para o SIM.

Era Renato, mas parecia um Renato energizado. Sem que perguntássemos nada, cravou as letras O-L-A e B-E-I-J-O-S. Depois formou B-A-B-I.

— Ele quer falar comigo! — Babi se envaideceu.

— Tonta — resmungou Jaqueline. — Agora só vai dar ela...

Minha prima tinha razão. Na primeira hora, Babi monopolizou o copo, com uma dezena de perguntas minuciosas e tolas, todas referentes ao "defuntinho": cor favorita, se era gostoso pegar onda, se ia à escola, se tinha irmãos, se tinha namorada, se gostava de dar beijo...

Essa foi a gota d'água.

— Babi! — reclamou Jackie. — Deixa a vez para os outros, egoísta!

O copo não esperou mais nenhuma pergunta, soletrou:

C-H-E-G-A.

E-M-B-O-R-A.

S-A-I-R.

— Está vendo, Babi? — disse Magali. — Você cansou o Renato!

O copo tremeu. Ainda não havia feito nada parecido com isso antes. Ele começou a tremular sob nossos dedos como se estivesse com frio. Ou medo.

— É melhor obedecer — falei. — Concordam?

Toparam. Desviramos o copo e fizemos nossa oração de despedida. Mal terminamos, o copo tombou. E ficou girando de um lado a outro, devagar, sem nenhum impulso humano.

— Credo! — disse Jackie.

— Acho que ainda tem alguém aí — comentou Magali.

— Será que o Renato... — Babi começou a dizer.

Balancei o rosto, negando.

— Acho que agora é outro espírito que quer falar. É melhor a gente aceitar. Descobrir o que ele quer.

A ideia de um espírito à solta parecia mais assustadora do que a de um defunto insistente. Fizemos uma nova sessão, rezamos, e veio a primeira pergunta.

— Tem alguém aí?

SIM.

— Qual é o seu nome?

Vieram as letras:
D-E-V-O-L-V-A-O-Q-U-E-E-M-E-U.
— O que é isso agora? — perguntou Lucas. — Quem é essa pessoa?
D-E-V-O-L-V-A, surgiu de novo.
Depois, o copo tremeu. E tremeu. E tremeu. Senti sob meu dedo uma sensação de torpor, como se tocasse numa pedra de gelo. Olhei para os outros e vi medo em seus olhos.
Não perguntei nada. Desvirei imediatamente o copo e fiz a despedida.
— Solicitamos humildemente que se retire, que volte de onde veio, por favor, fique em paz... Vamos rezar.
Foi uma oração tensa, acelerada, concentrada.
— Foi embora? — perguntou Jackie, abrindo os olhos.
Coloquei o copo de lado e o cutuquei. Ele rolou um pouco e parou.
— Acho que sim. É melhor guardar tudo e parar com isso por hoje.

CAPÍTULO 6

QUINTA-FEIRA ERA O DIA DA FAXINEIRA. Só me lembrei disso quando ouvi as pancadinhas no vidro da varanda.

— Ei! Menina! Esqueci a chave... Abre lá no fundo?

Conferi no relógio da sala que ainda eram 7h30. Que azar! Acordei apenas pra fazer xixi e já estava na rotina da casa. De férias e ter de acordar cedo... Ia abrir a porta pra Camélia e voltar pra cama. Segui sonolenta e resmungona até a cozinha.

— Bom dia, Magda! Desculpe chamar, só agora vi que a porta dos fundos já estava aberta. Ontem encontrei sua avó na quermesse... Passei lá com meu filho, acho que ela nem me viu, distraída como estava! Como a dona Magdalena gosta de jogo, hein? Ela ainda está dormindo, né?

— Claro. Todo mundo ainda está na cama.

— Todo mundo, não. Aquela sua amiga morena já está lá fora, no quintal. Perto do chalezinho.

— Bárbara? Mas o que ela faz acordada? É a maior dorminhoca, maior dureza pra sair da cama!

— Pois está lá fora. Nem me ouviu chegar. Tentei chamar, mas depois vi você dentro da casa e vim aqui. Tá lá distraída, parece que planta alguma coisa.

Precisava conferir aquilo. Saí para o quintal, de camisola mesmo, e olhei em volta. O terreno amplo e as árvores me impediram de logo encontrar

Bárbara. Afinal, percebi seu vulto agachado perto do muro. Escavava o chão com os dedos, como se realmente semeasse a terra. E mais: parecia conversar enquanto fazia isso. Eu me aproximei sem fazer ruído e ouvi.

— Agora fica tudo certo. Devolvi. Devolvi. Já devolvi.

Bárbara movia o rosto, mas seu cabelão me impedia de ver sua expressão. Continuou falando:

— Tanta coisa na vida é difícil mudar. Se não é numa vida, é quando?

— Limpou o nariz com a mão suja de terra.

Ergueu de repente o pescoço, olhou em volta, mais acima e além de mim, farejando o ar, numa estranhíssima pose de caçador. Então riu. Um riso aloucado, de alívio, de quem ouve uma resposta muito interessante. Um pé de vento moveu algumas folhas; Babi nem reparou, sempre trabalhando a terra.

E finalmente se levantou.

— É melhor voltar. — Abaixou a voz e não ouvi umas frases. — Agora vai ficar bem, não? — Outras palavras rápidas e sussurradas. — Até de noite... — Uma risadinha. — Até mais...

Bárbara passou sem me ver e seguiu para a casa. Esperei que entrasse na cozinha e fui até o canto do muro.

Achei um pequeno monte, redondo como um túmulo. Foi fácil escavar a terra macia e encontrá-lo. Encardido de barro e de marcas do tempo, o santinho do cemitério tinha o rosto plácido, quase como se sorrisse para mim.

— Não acredito que a senhora vai ao bingo com um tempo desses! — falei.

A chuva prevista por dona Camélia na antevéspera se revelou fortíssima. Uma torneira aberta no céu: começou pelas quatro da tarde e prosseguiu. Vovó deu de ombros e soltou sua particular justificativa de jogadora.

— Sabe que é até bom que chova? Aparece menos gente e mesmo assim corre a cartela especial!

Lucas também pressionou:
— Ah, vó, justo hoje vai passar um filme legal na televisão. A senhora já comentou sobre ele. Por que não assiste com a gente? Deixa essa quermesse pra amanhã.

Vovó pegou o jornal da mão dele, leu a resenha do filme, devolveu.
— Já assisti isso umas três vezes. É bom, mas comecei uma fase de sorte... Hoje o prêmio é uma TV portátil e viria em boa hora. A do meu quarto está bem velhinha.

Jaqueline tentou outra chantagem.
— Se a senhora prefere o bingo em vez da companhia dos netos... Vovó não caiu na dela.
— Queridos, se têm algo a dizer, falem de uma vez. É coisa séria?

Claro que havia um motivo lógico para ela ficar em casa — o absurdo toró lá de fora —, mas também sabíamos que sua presença inibiria qualquer ideia de "jogar com defunto". Não havíamos conversado, mas ninguém parecia animado em fazer outra sessão espírita naquela noite.

Ninguém, exceto Bárbara. Para nossa surpresa, ela agiu bem ao contrário da gente.
— Tem de ir mesmo ao bingo, dona Magdalena. Como diz meu pai, sorte é que nem lua, tem fase! Aproveita, tenho certeza de que a senhora ganha o prêmio grande... — Seus olhos passaram do sorriso largo de vovó para nossos rostos estarrecidos. — Né, pessoal? A gente fica bem aqui sozinho... Pode fazer pipoca, ver TV.
— É assim que se fala! Otimismo! — Vovó alisou o cabelo de Bárbara, lançou-nos um beijo geral, apertou o guarda-chuva no peito e se despediu: — Queridos, *fui!*

Mal ela saiu, Magali falou:
— Pois eu vou mesmo fazer pipoca e ver TV.
— Nada de jogo do copo pra mim também! — reagiu Jaqueline.

Bárbara não se conformou.
— Que deu em vocês? Claro que a gente vai chamar o Renato.
— Que Renato nem meio Renato! — continuou Jaqueline — Vamos parar com isso, vocês viram o que aconteceu ontem. Veio outro espírito. E se vier de novo?
— Isso não vai acontecer! Vai ser o Renato!
— Como você sabe, Babi? — questionou Jackie. — Hein? Falou com ele, por acaso?

— EU SEI! Vai ser só o Renato.
— Mesmo que seja só o Renato... — Magali pegou o controle remoto e ligou a TV. — Pra mim, chega desse jogo. O filme é bom e quero assistir.
— Eu também acho que... — começou Lucas.
— Acha, Lucas? O que você acha? É covarde, agora? E você, Jackie, não quer o jogo porque o Renato escolheu a mim e não a você. É por inveja.
— Inveja de quem, de você?
A briga não era comigo, então me calei e deixei tudo rolar. Por meia hora meus primos e Bárbara trombaram com velhas histórias, rancores e irritações. Magali fingia prestar atenção apenas no noticiário pré-filme e eu pensava qual dos lados me seria mais vantajoso naquela confusão toda.
Sabia do enterro do santinho e que esse era o motivo da certeza de Bárbara de estar quite com o Além. Será que o espírito interferente da véspera não era o dono do túmulo furtado? Porque, no túmulo de Renato, havia apenas a prancha de surfe e nenhum outro enfeite. De qualquer modo, as perspectivas eram macabras: ou teríamos a visita de um defunto apaixonado ou a presença irritada de um espírito roubado. Isso, é claro, se eu acreditasse numa conversa real com os espíritos...
Mas eles pareciam acreditar. O bate-boca pessoal evoluiu para "e se vier o Renato, não vai ficar de conversinha com ele e monopolizar o espírito?". Bárbara aceitou dividir o morto com Jackie e Lucas, "para toda e qualquer pergunta". Jackie resmungou "elas não vão topar", e por elas entendam-se minha irmã e eu, mas falavam de nós como se estivéssemos a quilômetros dali.
Era questão de tempo para convencer Magali. Levantei discretamente e fui ajeitar umas coisas. Óbvio: quando retornei à sala, minha irmã tinha desligado a TV e procurava as velas na gaveta do armário.
— De novo o jogo do copo, hein? — ironizei.
— É, sim. — Babi me lançou um sorriso triunfante. — Conhece? Quer participar?
— Fazer o quê! Se a maioria decidiu, que seja. Então vá pegar o kit defunto, Babi. Assim a gente não tem de escrever papéis de novo. Está numa caixa debaixo do meu beliche.
Babi saiu, tão satisfeita que nem contestou a minha "ordem". Fiquei zanzando entre os sofás, mais incentivando meus primos que ajudando a afastar os móveis.

Foi tudo muito rápido e muito coincidente: o raio que iluminou a noite lá fora, o piscar das lâmpadas, o grito de Bárbara.
— Aaaaaaaaaaaaaaah!
— Que foi isso?
E a escuridão.
— Foi a luz... Só acabou a luz — disse Lucas.
O som de um objeto caindo, lá no quarto.
— E a Bárbara?
Minha irmã alcançou o celular sobre a mesinha e iluminou palidamente os nossos rostos. O suficiente para que eu alcançasse uma lanterna grande sobre o armário e corresse para o nosso quarto. Bárbara estava imóvel, caída entre as camas.
Outro raio azulou a escuridão, seguido por um trovão, quando eles me alcançaram.
— O que aconteceu com a Babi? — perguntou Magali.
— Não sei... — Tentei mover o corpo dela. — Já achei ela assim.
— Abra espaço — disse Lucas.
O quarto era apertado, tivemos dificuldade para desvirar Bárbara. Ela gemeu.
— Ainda bem que está viva — disse Jackie.
— Claro que está, sua besta! — reclamou Lucas. — O que você pensou?
— Será que ela bateu em alguma coisa? O que... — disse Magali.
— Vá buscar água — ordenei.
Magali foi à cozinha e, quando voltou, Bárbara já começava a abrir os olhos.
— O-o que...
— Calma, Babi. — Passei um pouco de água no seu rosto. — Acho que você desmaiou.
— Onde ele está, onde ele está? — Babi tentou sentar, apoiada por Lucas.
— Ele quem, Babi?
— Eu vi! Eu vi o rosto dele ali! — E apontou para debaixo da minha cama.
Estávamos todos agachados em torno dela e abaixamos mais, olhando o lugar que ela indicava... Lucas apontou o facho de luz da lanterna para lá. Iluminou a caixa de papelão com a tampa semiaberta, um pé de chinelo virado, a leve poeirinha costumeira que fica embaixo dos móveis.

— Rosto, Babi? — perguntou Jackie. — Que rosto?
Ela agarrou o braço da minha prima.
— Do Renato. Tenho certeza! O Renato, olhando pra mim, quando abri a tampa da caixa de sapato.
Magali, que segurava a caixa, imediatamente a soltou sobre o colo de Bárbara.
— Mas como? Como um rosto pode caber numa caixa? — Lucas procurava alguma lógica na história.
Sua irmã o desconcertou:
— Se for de fantasma, cabe.
E ficamos todos lá, imóveis e apertados entre os beliches, olhos fixos na caixa de sapatos, que estava de novo fechada. Babi colocou a mão sobre a tampa.
— Não! — gritou Magali. — Você não vai abr...
Nem terminou de dizer "abrir", porque Babi já havia tirado a tampa e despejava o conteúdo da caixa a nossos pés.
Nada de excepcional: os papeizinhos cortados do Ouija, as respostas SIM e NÃO, o copo de pedestal. Se foi decepcionante para nós, foi muito mais para ela.
— Eu vi! Era o rosto dele, aí dentro! Bem perto de mim, um rosto de... de um garoto. Olho, nariz, boca, pele, tudo igual ao de qualquer um.
— Tem certeza de que era rosto de gente, Babi? — perguntei.
— Claro. Do que mais seria? Sei que era ele, o Renato... Foi abrir a caixa e aquele rosto parece que *pulou* na minha direção.
— E o que ele fez? — Magali estava curiosa. — Ele disse alguma coisa, ameaçou, o quê?
— Não, ele nunca iria me ameaçar. Mas também não parecia bem. Ele estava sério. Preocupado, entendem? Como se não quisesse que eu olhasse aqui dentro.
Tornamos a encarar a caixa, uma típica e ordinária caixa de papelão. Babi a desvirou e começou a recolher as coisas de Ouija de qualquer jeito, apressada, amassando as letras. Segurou o copo.
E, quando fez isso, quando *segurou* o copo, entendemos melhor o que poderia ter levado Babi ao desmaio. Seu corpo tremeu, como se o copo tivesse lhe dado um choque. Vimos seu dorso ir para a frente e para trás, os cabelos erguerem-se para o alto, a saliva grossa escapar dos lábios frouxos...

Foi tudo muito-muito rápido. Não deu nem tempo de a gente interferir. Alguma coisa atraiu o braço de Bárbara para trás, flexionou o antebraço e, por fim, despachou o copo contra a parede, furiosamente. O copo passou um tanto *assim* ao lado de Magali, que soltou um gritinho.

Nesse momento, a luz voltou. Bárbara abriu os olhos, imediatamente desperta, sem perceber que algo de anormal acontecera.

Meia hora depois, já acomodados nos sofás da sala, tentamos novas conjecturas para os fatos.

— Se você viu o Renato, Babi... — começou minha prima.

— Eu *vi* o Renato — afirmou ela. — Tenho certeza de que era ele.

— Ok, você viu o Renato — prosseguiu Jackie. — E se você acha que ele era legal...

— Eu *sei* que ele é legal. — Babi estava irredutível e mal-humorada.

— Então por que você desmaiou, na primeira vez? — Jackie concluiu o raciocínio. — Ninguém desmaia por nada. Nem por coisa boa.

— Vai ver a Babi encostou no copo — disse Magali, trazendo uma garrafa de refrigerante e copos descartáveis — e, assim como aconteceu depois, ela levou aquela espécie de choque.

— Mas se o copo traz o Renato e o Renato é gente boa, por que desmaiar? — perguntou Lucas.

— O copo não trouxe só o Renato — lembrou Jaqueline. — Trouxe a velha, trouxe o outro rapaz, o Paul.

— E trouxe também aquele cara. — Minha irmã se arrepiou só de lembrar. — O que não queria ir embora.

Meu "sherlockiano" primo matou a charada.

— Vai ver a Babi encostou a mão no copo e o espírito ruim ainda estava lá, por isso ela passou mal. Aí o Renato apareceu, de cara inteira, grandona, pra salvar ela. A Babi não lembra do desmaio porque foi algo ruim, mas lembra do Renato porque era o bom, o salvador, o fantasminha camarada.

Babi fungou, irritada. Ele consertou a frase.

— O Renato-espírito-bonzinho que protege a Babi do cara mau.
— O cara mau... — Minha irmã revirou o copo de refrigerante nos dedos, pensativa.
E então fez uma expressão animada, do tipo que acabava de se lembrar de alguma coisa, e perguntou:
— Esse cara não cobrava alguma coisa da gente? Pedia que a gente devolvesse alguma coisa pra ele?
Silêncio. Cada um cutucando a memória, recordando das palavras exatas escritas no tabuleiro Ouija.
— Está certo, mas isso passou... — Babi desconversou, suspirou fundo e concluiu: — O que tinha de ser devolvido já foi.
Outro silêncio. Talvez cada um de nós pensasse que tipo de objeto seria cobrado... Senti aquilo pesar em meu bolso, como se ganhasse instantaneamente toneladas de culpa. Por um instante, fiquei em dúvida se não era hora de abrir o jogo e ver o que rolava, mas Babi me salvou.
— Gente, essa conversa tem de ficar entre nós, tá? Nada de contar pra dona Magdalena.
Concordaram acenando com o rosto. Então Babi levianamente suspirou.
— Sabe o que me deixa pior, agora? Será que sem o copo dá pra falar com o Renato?
— Não acredito que você ainda quer fazer o jogo do copo, Babi! — Irritada, minha irmã se levantou do sofá.
— Por que não? Agora mais que nunca é o momento de saber direito o que aconteceu. Agora eu sei como ele é...
Jackie também se contagiou com a insensatez:
— E como ele é mesmo, Babi? Você achou que era bonito?
Levantei antes de ouvir a descrição de Bárbara, falei "vou arrumar as coisas no nosso quarto", saí. Tranquei a porta antes de tirar do bolso o santinho de cara suja. Era *ele* quem deveria apavorar Bárbara, era seu estranho surgimento na caixa de Ouija que deveria levá-la a berrar de medo...
— Mas *Renato*? — murmurei. — Será mesmo que ela viu o fantasma do Renato?
Tive dúvidas. O que teria acontecido de verdade? Até aquele momento, nada muito apavorante. Babi bem que poderia ter visto o santinho, afinal. Culpada e influenciável, desmaiou. E nesse desmaio-delírio

imaginou um "cavaleiro andante", um fantasma adolescente salvador de donzelas babacas.

Sorri com minha lógica. Alcancei a mala no alto do guarda-roupa, localizei um bolsinho secreto interno, enfurnei o santo de barro ali dentro, tranquei tudo.

— Vai saber o que aconteceu aqui... — falei comigo mesma. — O que aconteceu aqui *de verdade*.

Comecei a recolher os papéis e os cacos do copo, pesando aquelas bobagens nos dedos. Nada de misterioso, nada de excepcional.

Ainda.

— Queridos, acordados?

Ficamos conversando por tanto tempo que nem percebemos a chegada de vovó. Eram quase duas da manhã, a chuva disfarçou o barulho do carro e, com tanta coisa acontecendo, a gente estava mesmo distraído.

— Tudo bem com vocês? — Ela colocou bolsa, sacola e chaves sobre a mesa e nos encarou.

Acho que a gente parecia mesmo um bando de cachorro com rabo entre as pernas: um olhando para o outro, na maior dúvida sobre o que deveríamos contar. Bárbara nos liberou para o faz de conta:

— Tudo ótimo, dona Magdalena! Como foi no bingo?

— Fiquei por *um* número pra ganhar a TV, pode? B-13! E olha que tenho sorte com o 13... — Sorriu e enfiou a mão na sacola. — Mas, em compensação, ganhei isso aqui!

Tirou um redondo e colorido pacote, com laçarotes e fitas enfeitando um bolo de glacê cor-de-rosa.

— Oba! Bem que eu estava com fome. — Lucas detonou depressa os enfeites.

Detonamos o bolo também. Terminava o segundo pedaço quando senti o cheiro.

— Nossa, de onde vem isso? — Esfreguei o nariz.

— O que foi, Magda? — perguntou Magali.

— Vocês não estão sentindo? — Farejei o ar, largando o bolo, enojada.
Farejaram e negaram.
— Não... É cheiro de quê? — perguntou Jaqueline.
Um cheiro acre de fruta podre, de coisa rançosa... Mas intenso, como se tivessem destampado um pote havia muito lacrado e esquecido num porão. Coisa da terra e da natureza. Disse mais ou menos isso.
— Não é do bolo, pode ter certeza! — Lucas se serviu de outra fatia.
— Acho que não trouxe nenhum "presente" da rua! — brincou vovó, erguendo as solas e investigando os sapatos.
Eles podiam brincar, mas era sério. Aquele cheiro começava a embrulhar meu estômago.
— Levanta daí! — ordenou Jaqueline.
Saí da cabeceira da mesa grande, Jackie farejou a meu redor, ergueu cadeiras, afastou um quadro da parede, negou com a cabeça.
— Ainda está sentindo o cheiro?
Respirei fundo e a golfada fedorenta me envolveu. Tonteei e me joguei num pufe, mil gotinhas de suor porejaram de minha testa, com ondas de calor e frio.
Magali, distraída, ainda comentou:
— Nossa, parece que hoje é dia de todo mundo passar mal!
— Quem mais passou mal, querida? — perguntou vovó.
De novo deu branco na gente. Olhamos todos na direção de Bárbara. Ela riu.
— Eu fiquei com dor de cabeça, mas já passou. Não é, pessoal? Não teve nada sério... Nada pra deixar dona Magdalena preocupada.
Depois, a "dedicada" Babi deu a volta no pufe e me abraçou.
— Calma, Magda, isso não é nada. É só um instante e já vai passar. Basta querer.
Ia dar uma resposta azeda, mas ela estava com a razão: o cheiro desaparecera.
— Sumiu! — falei, aliviada por sentir o estômago serenar. — Mas por quê? O que foi isso?
— Eu disse que ia embora — repetiu Babi, vitoriosa.
"Foi embora, sim", pensei, olhando sério para Bárbara. "Porque bastava querer. Ou melhor, bastava *você* querer." Para quem havia visto um fantasma... para quem havia desmaiado com o susto... para quem descaradamente

mentira para vovó e nos fizera cúmplices... Ora, a garota estava muito bem, obrigada. Tranquila. Animada, àquela hora da madrugada.

Quase feliz.

Para encerrar essa noite, tenho só mais uma observação a fazer.

Depois do bolo, o sono bateu em nosso grupo. Vovó levou os pratos e talheres sujos para a cozinha, empilhou tudo na pia, apagou as luzes... Enquanto isso, a gente dividiu os banheiros, Lucas foi para o quarto dele e nós nos ajeitamos nos beliches. Magali estava com tanto sono que, mal encostou a cara no travesseiro, dormiu. Jaqueline e Bárbara ainda conversaram um pouco, sobre umas bijuterias que viram num quiosque de praia, coisas bem distantes de qualquer fantasma. Eu lia um livro, concordei em apagar a luz dali a pouco.

Foi o que fiz, 15 minutos depois. Percebi que todas estavam de olhos fechados, creio que dormindo. Virei de um lado a outro na cama, por fim também adormeci.

Acordei mais ou menos de madrugada, quando uma luz fraca passava pelas persianas, deixando o quarto em penumbra. Acordei daquele jeito normal, sonolenta, tipo abrir-os-olhos-pra-fechar...

Dei de cara com Bárbara, deitada no seu beliche. De olhos arregalados, me encarando fixamente. Um sorriso reto nos lábios e uma fala, um sibilo, saía da sua boca. Algo murmurado e repetido, feito mantra ou oração.

Gemi. "Não, de novo não, meu Deus", pensei. "Ela não pode estar vendo nada, nada de sério pode estar acontecendo com ela." Apertei os olhos com muita força, como para afastar a visão. "É pesadelo, isso não é real." Abri os olhos de novo, devagar... Ela permanecia daquele jeito meio máscara, sem piscar, sem me ver, sem mudar o tom de voz, recitando e conjurando alguma coisa que me arrepiou.

Frio. Disso eu me lembro, de como senti frio!

Por um segundo, pensei em gritar seu nome. Passou pela minha cabeça a ideia de que deveria fazer algo, reagir, chamar pelas outras, conferir em grupo o que poderia estar acontecendo com ela, mas...

Mas a minha covardia falou mais alto.
Então, vagarosamente, virei para o lado da parede. Puxei o mais que pude o lençol sobre o rosto. Respirei fundo. Apertei os olhos com tanta força que pequenas estrelas brilharam sob minhas pálpebras. Serrilhei os dentes e tentei dormir, mesmo que continuasse sentindo aquele louco e fixo olhar de Bárbara cravado em minha nuca feito uma lança invisível.

CAPÍTULO 7

QUE DIA DE CARTÃO-POSTAL! Parecia surpreendente, depois da imensa tempestade, mas a dona do mercadinho tinha avisado: em julho, no litoral norte, o clima ficava absolutamente imprevisível.

Pegamos uma praia com tudo a que se tinha direito, até guarda-sol cobrindo a geladeira de isopor com refrigerantes e queijinhos. Babi levou a bicicleta, Magali e vovó ficaram na esteira fazendo palavras cruzadas e Jaqueline alugou um caiaque. Apostamos se alguém conseguiria chegar a uma ilha avistada no horizonte, mas faltou força para remar.

A tal "manhã de praia" se esticou até o final da tarde. E durante o dia todo fui sedutora e sugestiva. Rondei vovó do momento de ela acordar até a hora da volta. Tanta curiosidade, bajulação e perguntas: "Só por um número não ganhou o prêmio, vó? Que pena..." ou "Como funciona mesmo esse negócio de bingo?", ou ainda "Ficar toda noite por aqui é monótono, ontem ainda faltou força e nem TV deu pra assistir".

A tática funcionou. Pela hora da sobremesa do nosso "almojanta", vovó comunicou que "nessa noite vocês vão comigo à quermesse".

Teve menos reação contrária do que imaginei. Lucas e Jaqueline até se lembraram de umas coisas que queriam comprar no shopping. Magali invocou um pouco com a demora para correr a cartela especial (por volta da meia-noite), mas aceitou que "dormir tarde nas férias era normal". Faltava Bárbara.

Sua reação também me surpreendeu. Se eu usava habilidades inéditas de manipulação, ela revelou um adjetivo que jamais pensei em lhe atribuir: foi absolutamente *dócil*.
— Gente, vocês é que sabem. Se é a vontade geral, claro que eu vou à quermesse.

Aliás, essa sua docilidade estava constante: não gritou com Magali ao ver a canga no mesmo balde da sua bata branca (a canga soltava um pouco de tinta e manchou o tecido), não fez corpo mole na escala de limpar o quarto nem saiu quicando da sala quando um grilo pulou sobre a mesa do café.

Estava serena e lânguida, generosa em atitudes e compreensão.

Era *outra* Bárbara.

Exatamente por isso ela me preocupava tanto.

A viagem até a cidade foi tranquila. No rádio começou um programa de "nostalgia anos 1970 e 1980" e a vovó conhecia a maioria das letras! Cantava com entusiasmo e, numa hora lá, também soubemos cantar:
— "Dona desses traiçoeiros... Sonhos sempre verdadeiros... Oh, Dona, desses animais... Dona dos teus ideais... Pelas ruas onde andas onde mandas todos nós... Somos sempre mensageiros esperando tua voz..."

Estacionamos perto da praça enfeitada com bandeirinhas, passeamos entre as barracas da quermesse, tomamos sorvete... Deu nove horas e vovó nos apontou o salão paroquial, onde acontecia o bingo.
— Vai começar e vou entrar. Isso é festa de padroeira, não é bingo formal, então menor de idade também pode participar. Se quiserem, apareçam pra me fazer companhia. Têm certeza de que ficarão bem? Precisam de dinheiro?

Respondemos sim para as duas perguntas. Vovó deixou uma nota grande com o Lucas, para "dividir com todos", e prometemos procurá-la na quermesse se houvesse algum problema.

O problema começou uma hora depois.

Fomos ao shopping local, um edifício largo de três andares, e topamos com o cartaz do cinema. Jaqueline:
— Bem que eu queria ver esse filme em São Paulo. E aí? O que acham? Vovó não liberou mesmo uma grana?
Magali aceitou, Lucas também. Então, demos pela falta de Bárbara.
— Ela não estava com você, Lucas?
— Depois que vocês foram ao banheiro, não vi mais. Pensei que ela ia subir a outra escada, com a Magali.
— Achei que ela ia para uma loja daquele lado — apontou Magali.
Nós nos espalhamos pelo shopping, subimos e descemos escadas, conferimos o toalete, e nem sinal dela.
— A Bárbara brigou com vocês? — Lucas provocou. — Você não aprontou com ela, aprontou, Magda?
Movi o rosto negando, sem vontade de começar uma discussão. Foi nesse momento que ouvi a transmissão. Chamou minha atenção por causa do nome, Renato, repetido diversas vezes.
Havia um telão, diante de uma loja de equipamento esportivo, exibindo um campeonato de surfe, e o locutor apresentava os atletas, destacando a categoria júnior e um "participante local, Renato, que promete muito para o futuro". Entre as ondas e boas manobras, destacava-se a imagem de um surfista. Num certo momento, um *close* revelou seu rosto moreno, dentes brancos no sorriso largo, o cabelo úmido sobre a testa, os olhos confiantes. Realmente ele parecia iluminado, alguém que prometia o tal futuro.
— Você acha que esse é o *nosso* Renato? — cogitou Jackie.
— Talvez — respondi, dando de ombros.
Vimos novas imagens em *close*, novos rostos sorridentes. O documentário reunia campeonatos de vários anos, ocorridos durante a festa da padroeira, na praia do centro da cidade.
— Será que a Babi viu esse filme? — perguntou Magali.
— Será que ela foi pra lá? — prosseguiu Lucas. — Para a praia do centro, onde tem o campeonato?
Era uma possibilidade. Resolvemos arriscar.
Tinha mais gente ali do que se podia imaginar. A orla era separada da cidade por um muro alto de pedra, que isolava a avenida da areia, onde ficavam quiosques e palmeiras. Tanto a pista como aquele trecho da praia estavam bloqueados. Holofotes iluminavam o mar e vimos,

entre as ondas, meia dúzia de cabecinhas humanas grudadas a suas pranchas de surfe.

Era apenas uma demonstração, já que o campeonato mesmo começaria só no domingo. O povo todo se reunia ali mais para conferir as habilidades das feras. Como a gente soube disso? Jaqueline se enturmou com um loirinho do tipo surfista-que-adora-dar-informação-a-turista (ainda mais se for garota e bonita), e desisti de contar com ela para encontrar Bárbara.

Reuni meu primo e minha irmã e combinei:

— Vamos nos espalhar para os lados. Quem encontrar a Babi gruda nela e a traz para cá, pra este tablado. Beleza?

Concordaram e nos dispersamos.

Rostos, corpos, risos, cheiros, pedaços de conversas... Quando a gente procura alguém na multidão, nem sabe como separar o que é banal daquilo que realmente importa. Localizei "cabelos do tipo Bárbara" uma meia dúzia de vezes, identifiquei sua voz irritante numa senhora idosa e o modo de andar num cara baixinho, só me lembrei da cor da sua camiseta quando cutuquei uma garota bem mais velha que ela.

Já estava desistindo e voltava para o tablado quando a vi.

Distanciava-se um pouco das pessoas. Ficou bem na pontinha da amurada, forçava o corpo para a frente, em direção à praia, e olhava adiante...

Súbito ergueu os braços. A noite era cálida, com tempo firme, mas posso jurar que seus cabelos se moviam para trás, como se soprados por uma brisa... um vento que não existia.

Forcei a vista, o coração disparado. O que ela fazia?

Quando entendi realmente, me arrepiei.

Ela *evocava* alguma coisa, era isso! Toda a pose rígida, o corpo inclinado para a frente, os braços erguidos, o cabelo movendo-se em volta do rosto... Poderia jurar que murmurava alguma prece, sei lá! Conversava com o mar. Era uma sacerdotisa, uma deusa, uma presença antiga que renascia sob sua pele de garota do século XXI.

Não sabia bem o que fazer. Interromper o seu transe, digamos assim? Chamar por Bárbara, como se não tivesse reparado em nada? Naqueles segundos de indecisão, desviei a vista dela e segui seu olhar. Havia um cara no mar. Próximo ao grupo dos surfistas e um pouco mais para o fundo. Usava uma prancha e também driblava as marolas, esperando pela onda ideal. Ele se destacava dos demais pelo tamanho. E pelo brilho.

Dali da praia, víamos as cabeças e mal e mal o torso dos surfistas. Não seria possível distinguir traços do rosto, detalhes do cabelo ou roupas. Mas aquele surfista era especial. Parecia que alguma espécie de luz saía de *dentro* dele! Quando pulou sobre a prancha e finalmente começou a surfar, eu o vi nitidamente, o rosto, o contorno do corpo prateado contra o fundo escuro do mar.

E como surfava! A água parecia sua segunda pele, mal a via respingar a seu redor. Descia e subia com a prancha, adivinhava cada sutil mudança de energia marinha. Fascinada, prendi a respiração. Que bonito era aquilo. Efeito especial? Algum tipo de tinta fosforescente? Tinha de haver uma explicação lógica para aquele destaque e aquele brilho! Olhei à minha volta, procurando apoio na plateia, e vi rostos neutros, até enfadados. "Pô, os caras vão ficar só na manha, um mar bobo desses, sem onda", ouvi o comentário.

Como assim, *sem onda*? Aquele cara surfava! Não enxergavam isso? Conferi de novo a visão... Então caí em mim. Mordi os lábios, com medo. Ele, *aquele*, o quê? Personagem de história em quadrinhos, *surfista prateado*? Ele não só seguia a onda, ele surfava *acima dela*!

Nesse instante, ouvi Lucas, sua voz se destacando na multidão.

— Bárbara! — ele gritou.

Saiu depressa do grupo de pessoas, correu para Babi e pegou no seu braço.

— Lucas, não!

Antecipei alguma coisa ruim. Não deveria tocar nela, não naquele momento, pressenti.

Vi quando Lucas riu e virou Babi para ele, num gesto espontâneo que terminaria em abraço, brincadeira, piada, *mas*... Seu rosto mudou. Ele ficou paralisado diante dela e a largou depois de ouvir alguma coisa.

Tentei correr, alcançá-los, porém meus pés me desobedeceram, viraram chumbo, imensamente pesados. Olhei para as ondas por um instante, conferindo o que fazia o surfista, mas *que surfista?* Ondas fracas e decepcionantes, as cabecinhas normais boiando sobre as pranchas. A magia de Bárbara se rompeu... E ela? Entre Lucas e Babi, tudo foi tão rápido! O grito alegre de Lucas, o momento de alcançá-la, segurar seu braço, virá-la, ouvir alguma coisa, ver seu rosto. E ela fugir.

Não só fugir: Bárbara foi tomada de uma agilidade de bicho; pulou os três metros que separavam a amurada da praia, bateu com facilidade os pés na areia e correu para o lado não iluminado pelos holofotes.

— Lucas! — Afinal eu o alcancei. — Lucas, tudo bem?
— A Babi — murmurou. — Achei a Babi.
— Sim, eu vi, ela correu pra lá. Mas o que aconteceu?

Ele estava pálido como se tivesse visto um fantasma.

— A Babi, ela parecia... — Engoliu em seco, tentou achar palavras. — Diferente.

Tive medo de perguntar *qual seria* essa diferença.

— Calma, Lucas. Vem comigo. Vamos procurar as meninas e contar o que aconteceu.

Lucas não contou muita coisa. Permaneceu sisudo e assustado, repetindo "Achei a Babi. Ela fugiu. Estava diferente", sem dar detalhes, por mais que sua irmã ou a minha insistissem nisso.

— Vocês são dois patetas! — disse Magali. — Como é que deixaram a Babi escapar?

— Vai ver ela está num canto da praça, rindo da nossa cara — reclamou Jaqueline.

— Só vai aparecer quando acabar o bingo para choramingar com vovó que a gente *abandonou* ela! — imitou Magali, dramaticamente jogando um cabelão inexistente sobre o rosto.

As piadinhas pouco efeito tiveram sobre Lucas, que apenas baixou o rosto e permaneceu calado. Juro que fiquei com dó dele (não queria mesmo ter visto o que ele viu no rosto de Bárbara), mas também me senti aliviada. Se ele descobrira algo estranho no comportamento de

Babi, eu não era a única a sentir fedores inexistentes, flagrar surfistas fantasmas no mar ou descobrir que a garota andava ligada em algo mais forte que uma chamada telefônica.

— E aí? — perguntou Jackie. — Vamos esperar aqui, vamos investigar a praia, o quê?

— Na praia eu acho besteira — eu disse. — Do jeito que ela saiu correndo, pode ter ido pra qualquer lugar.

— Daqui a pouco o bingo termina. — Magali conferiu o relógio.

— E o que a gente faz agora? — Jackie perguntou.

— Agora... — Suspirei fundo, antecipando a bronca. — O melhor é procurar a vovó. E contar do sumiço da Bárbara.

Mas não precisamos dizer nada para vovó — pelo menos não naquela noite — sobre o desaparecimento de nossa "amiga".

Atravessamos a praça, calados. Paramos diante da igreja, cada vez mais lotada porque o horário da cartela especial se aproximava (naquela noite o prêmio era uma geladeira). Abrimos espaço para chegar até o amplo salão paroquial. Entramos na sala apinhada, localizamos vovó numa mesa em frente à roda do sorteio e...

Encontramos Babi.

Estava ao lado de vovó, ajudando a conferir os números do painel. Simpática. Resplandecente.

— Oi, meninas... Lucas... — vovó cumprimentou. — Onde vocês estavam? Bárbara até pensou que tinham se perdido!

Olhamos para ela, que devolveu o olhar com absoluta seriedade. Uma ponta de desafio e de vitória naquele olhar. Mas normal. *Humano*.

Vovó abriu espaço para nós no banco ao lado.

— Bárbara tem uma sorte! Foi ela chegar que já ganhamos duas vezes!

Apontou para uma linda cesta com vinhos, licores, frutas e bombons e para um jogo de copos. Todos os 12 iguais àquele que a gente usava para conjurar o Renato.

CAPÍTULO 8

SÁBADO FOI UM DIA DE GATO E RATO, e lamento dizer que os ratos fomos nós.

Começou com vovó acordando mais cedo e nos encontrando na mesa do café.

— Queridos, um de vocês entrou de madrugada no meu quarto?

Trocamos olhares surpresos.

— Não... — Jackie falou por todos. — Acho que não, vó. O que aconteceu?

Ela sentou devagar, puxou o bule para mais perto, pensativa.

— Foi estranho. Acordei com uma espécie de risada. Risada de alguém jovem, foi o que pensei. Perguntei quem era, o que queria. Ouvi uns passos, parecia mais perto de mim. E depois... nada. — Conferiu o rosto de cada um de nós. — Certeza de que não foi nenhum de vocês?

De novo, troca de olhares. Creio que todos encaramos Bárbara, por isso vovó insistiu com ela:

— Babi, por acaso você...

— Dormi como um anjo, dona Magdalena.

Manteve no rosto o sorriso sereno como se fosse mesmo a figura celestial.

"Cínica", pensei. "Anjo, você? Caçadora de surfistas do Além." Na verdade, Babi caçava outro tipo de gente. Tocou despretensiosa no braço de Lucas. Meu primo pulou como se sentisse um choque.

— Lucas, que tal a gente alugar um caiaque e você me ensinar a remar?
— NÃO! — respondeu alto demais. Percebeu a gafe, ficou corado, desconversou. — Quem é boa de caiaque é a Jackie. Pede pra ela.

E saiu da mesa. Na verdade, ele *fugiu* da mesa. Babi voltou-se para minha prima.

— Então, o que acha?

Jackie:

— Claro. Já estava mesmo pensando em alugar um.

Praia, mormaço gostoso, todos nós em torno do guarda-sol. Vi quando minha prima negociou o aluguel de um caiaque bonito, amarelo e vermelho, para duas pessoas. O mar estava muito calmo; em 15 minutos, ela e Babi estavam a meio caminho da ilha.

— Ela não devia ir. — Ouvi o murmúrio.
— Lucas, o que foi?
— Minha irmã. — E repetiu: — Ela não devia ir. Não com a Babi.

Olhei bem para ele e quase perguntei sobre o que viu, na véspera, no rosto de Bárbara, mas desisti. Lucas estava pálido demais (mesmo sob tanto sol), com olheiras demais, preocupado demais. Desviei o rosto para o resto da família.

Vovó mergulhara na leitura de um dos seus imensos livros, Magali investigava o carrinho do sorveteiro, o caiaque prosseguia firme no mar sem ondas. Tudo parecia ok, bom demais para que alguma previsão negativa se realizasse. Achei que era o momento de esclarecer algumas coisas para meu primo.

— Lucas, tem uma coisa que eu já devia ter contado — comecei.

Naquele momento estava realmente decidida a abrir o jogo com ele. Falar de como Magali e eu sacaneávamos no tabuleiro Ouija, revelar meus ressentimentos contra Babi, citar o estranho surfista da véspera... Deveria ser um instante de confidências.

Mas não foi isso que aconteceu. Estava ali, olhando para o rosto bonito de meu primo (ainda que tão abalado), quando percebi sua tensão

aumentar. Vi o movimento nas bochechas, de quem trava os dentes com força, e acompanhei sua mão trêmula se erguer para o mar.
— Ali! — gritou.
Encarei o horizonte e vi algo muito-muito rápido cortando as águas mais fundas, algo prateado e esguio, algo que me lembrou a figura da véspera, aquele que surfava em ondas que não existiam. Ele mesmo, mais ligeiro e cada vez mais próximo do caiaque das meninas.
— Mas o que ele vai faz...
Não concluí a frase, porque no instante em que o surfista deveria encostar nelas ouvimos o grito enojado de Magali. Olhei para trás: ela segurava a embalagem aberta do sorvete com uma mão e tapava a boca com a outra. O corpo se movia em espasmos de vômito.
Vovó correu a acudir.
— Magali, querida, o que foi?
Magali falava em soquinhos, apontando o sorvete jogado na areia:
— Is-so... O so-sor... vete... E-ele...
Olhei para baixo, só vi um pouco da massa cor-de-rosa desfazendo-se depressa sob o sol. Um sorvete comum.
Não era. Segundo Magali, aquela "coisa nojenta" era um amontoado de vermes que "subiam pela sua mão".
— Eu ainda comi um pouco, não tinha olhado direito... — Cuspia enquanto pegava fôlego e falava mais normalmente. — Quando vi a... o troço se mexer.
— Querida... — Vovó não sabia como prosseguir numa explicação lógica; desistiu e apenas lhe deu um abraço.
Confirmei que minha irmã ficava bem aos cuidados de vovó e me virei para o mar. "Cadê o surfista? Onde elas estão?"
Elas remavam de volta para a praia, sem nada de especial. Alcançaram-nos em pouco tempo.
— O que foi? — perguntei. — Por que vocês voltaram? O surfista, ele...
— Que surfista, Magda? — disse Babi. — A gente viu foi um peixe, vocês não viram? Tinha um peixe bem grande, assim, perto de nós. A Jackie ficou com medo.
— Ah, sei lá... — Jaqueline desconversou, apontando para o guarda-sol, onde vovó cobria os ombros da minha irmã com a toalha. — O que aconteceu com a Magali?

— Passou mal, foi alguma coisa que ela comeu — respondi. — Aliás, o que tem de gente passando mal e vendo coisa! Não é mesmo, Babi? Você sabe alguma coisa sobre isso?

Encarei fixamente a garota. Seu rosto moreno, seu nariz arrebitado, seu jeitinho sexy e cínico me irritaram mais do que nunca. "Mentirosa, o que você quer? O que está fazendo? Sei que é você", pensei e transmiti essas questões pelo olhar.

Ela se fez de tonta.

— Pra mim hoje está um dia normal. Muito gostoso e muito bonito, pra dizer a verdade.

Deu as costas e entrou sozinha na água.

Que mais aconteceu naquele sábado? Uma série de coisas menores do que essas que contei, mas todas elas, unidas, revelaram um dia marcado por incidentes estranhos, confusos.

O relógio de pulso de vovó *estourou*, quebrou num estalo de engrenagens, sem mais nem menos.

— Ora, isso nem é digital, é de corda, como é que...

— Vai ver foi o sol muito forte, dona Magdalena — comentou Babi, lânguida, reforçando o protetor solar.

— Pode ser... — Vovó, chateada, guardou o relógio na sacola.

Babi jogou a bisnaga do protetor na mesma sacola e foi molemente caminhando para a esteira; esticou-se um pouco mais distante. Cinco minutos depois, Jackie mexeu nas nossas coisas e deu um gritinho.

— Nossa, o sol está quente mesmo! Olhem como ficou isso aqui!

Ergueu uma embalagem amolecida, plástico excessivamente aquecido. Era o mesmo protetor solar usado por Bárbara, reparei. E o dia nem estava tão quente! Se não era ela quem fazia isso, então quem?

Na volta da praia, veio a última das estranhezas daquele passeio: a casa aberta. Quem flagrou isso foi Jackie. Ela vinha à frente de nosso bando, vagaroso, carregando esteira, guarda-sol, cadeiras, etc. Deu o alerta.

— Gente! Quem foi o distraído? Isso é perigoso, podia entrar ladrão!

Ergui o rosto e cheguei a ter um vislumbre das janelas abertas, mas apenas eu. Vovó estava distraída com a sacola, Babi conversava com Magali sobre caiaques, Lucas fechava o grupo bem atrás de nós levando o guarda-sol... Quando paramos diante da casa, tudo ali parecia em ordem.

— O que foi que você viu, querida?

— Tenho certeza, vó! Estava tudo aberto. Ou melhor, tudo escancarado, dava pra ver de longe! Vocês não viram?

A resposta de vovó foi usar as duas chaves para abrir os cadeados e puxar as travas internas até destrancar portas e janelas.

— O que pode ter sido isso? — insistiu Jackie, falando direto com Bárbara. — Eu vi, sim, tudo aberto!

— Vai ver foi vento — disse a cínica.

— Então foi vento bem forte! — falei.

— Ah, mas aqui tem dessas ventanias, Magda. A empregada já contou pra gente. Isso é coisa da natureza...

"Como se ela entendesse de natureza! Como se ela gostasse de coisas naturais!", pensei, encarando-a dissimuladamente. "Agora, quanto às sobrenaturais", prossegui em meu pensamento, "parece se animar muito com elas".

Comecei minha campanha tão logo vovó saiu do banho.

— Vó, não vá hoje ao bingo. Por favor.

— Mas o que foi, querida? — Ela enxugava o cabelo na toalha, sentada em sua cama. — Está tudo bem, não está? Foi um dia tão tranquilo...

"Tranquilo, vó?", pensei em gritar. "Como assim, tranquilo? Você recebe uma visita invisível de madrugada, Magali quase come vermes do Além, um surfista louco tenta atropelar o caiaque da minha prima (ela pensou que fosse um peixe), a casa se abre e se fecha sem gente dentro, seu relógio explode e a senhora diz que não foi *nada*? Que foi tranquilo?"

Mas só me atrevi a comentar esse último acontecimento.

— Ah, o relógio? Era coisa velha, meu amor, podia quebrar a qualquer hora... Que mais teve de excepcional? Sua irmã não gostou do sorvete, foi isso? Vivo dizendo que a Magali mistura demais os alimentos... Ela não comeu milho e pastel antes do sorvete? Qualquer um passaria mal!

Olhei para o rosto inocente de vovó e não sabia como começar, *por onde* começar. Então apenas pedi de novo, humilde, a voz infantilizada de quem está com medo, sim, um medo maior do que dá para explicar.

— Por favor, vó. Não vá esta noite, por favor.

— Querida, só não vou à quermesse se você me der um bom motivo. Um motivo *real* para não ir.

Não precisei responder. O *motivo real* se revelou num berro horrendo, vindo da sala.

— Que foi? Que aconteceu? — perguntou vovó.

Pergunta inútil: todos nós chegamos ao mesmo tempo, cada um de um canto da casa. E a encontramos...

Bárbara estava imobilizada, uma estátua rígida de carne (e quando digo isso, é no sentido *literal*: de boca aberta, olhos sem piscar, o braço esticado num cordão de nervos, não movia nada-nada), seu dedo em riste apontando o chão da sala. O local onde costumávamos invocar os espíritos.

E ali, entre móveis afastados para os cantos, um círculo. O tabuleiro Ouija, todas as nossas familiares letras e números, o SIM e o NÃO. Em torno disso, os doze copos do prêmio da quermesse faziam a vez de consulentes. E, no lugar do copo por onde os espíritos nos visitavam, estava a pequena estátua de barro, o santinho da cara suja.

Durante quanto tempo nós ficamos ali, estáticos, sem iniciativa, sem compreender? Tempo longo e curto, impossível de precisar. Vovó foi a primeira que falou. Ergueu a cabeça para o alto, depois apontou os objetos; mas, ao contrário do gesto imóvel de Bárbara, seu braço tremia.

— O QUE ESTÁ ACONTECENDO? Bárbara, você fez isso? Por quê?

Ela permaneceu rija, parecia não ouvir. Vovó então se virou para nós e nada de "queridos"; ela nos nomeou por inteiro, um por um, com muita raiva.

— Jaqueline, Lucas, Magali, Magda... Podem me explicar o que está acontecendo?

— Esse... — Magali começou. — Esse é o tabuleiro Ouija, vó.

— Que é um tabuleiro Ouija, eu já percebi! Não sou idiota. Que é algum tipo de brincadeira infame e macabra, também! Mas por quê?

Como não obteve respostas de nós, virou-se para Bárbara.

— E você, menina? Quer parar com isso? Pode se mexer, a palhaçada acabou!

Furiosa com o continuado silêncio, vovó despachou um ardente pontapé nos copos e papéis.

Pra quê! Bárbara "acordou". O mesmo braço reto mudou de rumo e aferrou-se na blusa de vovó. Da sua garganta saiu a voz sibilada, rouca, como de alguém muito doente ou que falasse de algum lugar muito profundo, com um eco de eternidade.

— *Não toque nas minhas coisas...*

Então "Bárbara" tornou a virar Bárbara. Amoleceu o corpo todo, soltou a blusa de vovó, soltou os braços para os lados, soltou as pernas, soltou um gemido...

E caiu.

Levamos Babi até o sofá. Seus olhos reviraram, o branco aparecendo, a língua mole fora da boca, uma cara disforme. Braços totalmente bambos, pernas sem rumo, cabelo gosmento de suor. Podia estar feia, mas agora parecia apenas doente.

Ela gemeu quando Magali ergueu sua nuca para colocar uma almofada. Depois virou o rosto para o canto; respirava leve, aos soquinhos.

— A senhora está bem, vó? — perguntei.

Vovó levantou a gola da blusa, um risco vermelho de unhada amortecida pelo tecido. Sentou-se ao lado de Babi.

— O que aconteceu com essa pobre menina? Por que ela falou daquele jeito? O que...

Olhei firme para minha irmã. Magali acenou um "sim". Coloquei meu braço em torno dos ombros de vovó.

— O pior é que começou como uma brincadeira, vó...

Contei tudo. Ou, pelo menos, contei aquela minha versão dos fatos: de como Babi era irritante com tanta frescura, como ela mesma deu a ideia de mexer com o Além ao roubar o santinho e desprezar o sobrenatural, como eu e Magali já tínhamos nossos truques com o tabuleiro

Ouija em São Paulo (nessa hora meus primos interromperam e nos xingaram bastante), como o "espírito" de Renato se declarou para Babi e aí...
— ... aí as coisas deixaram de ser brincadeira.
Parei de falar e pensei bem, muito... Desde quando as coisas mudaram? No momento em que flagrei Babi enterrando o santinho e "conversando" com o invisível? Quando ela "dormiu falando" de olhos abertos, fazendo sua reza de conjuração ou sei lá o quê? Quando ela não demonstrou mais medo de urubus ou insetos e se aventurou no mar, no caiaque? Ou quando...
— Foi ela, vó — emendou Magali. — Aquele negócio com o sorvete... Eu não imaginei coisas, o sorvete se encheu de vermes. *Foi ela!*
Lucas:
— Eu não queria contar pra vocês. Achei que era bobagem minha, que a noite estava escura... Na noite do shopping, quando a Babi fugiu, eu encostei nela, virei ela pra mim e... — Engoliu em seco, parecia tão difícil dizer! — Os olhos dela. Não eram de gente. Deus me livre, mas parecia assim coisa de cobra, toda a pupila amarela, só com um risquinho no meio.
— Credo! — Jaqueline reclamou. — Eu não vi nada disso...
— Viu a casa aberta sozinha — observei. — O pessoal não acreditou em você, mas acho possível que também fosse coisa da Babi.
— Da Babi... — assombrou-se Jackie. — E ainda hoje andei de caiaque com ela!
— O caiaque — lembrei. — Vocês disseram que tinha um peixe, um peixe grande no mar.
— Sim?
— Acho que aquilo não era peixe, Jackie.
Então detalhei a visão do surfista, como aparentemente apenas *eu* presenciara o show prateado da figura no mar, de como Babi parecia conjurá-lo e por isso pareceu tão perigoso Lucas interrompê-la.
Nossa história se completava com esses detalhes. Era um mosaico paranormal, em que as pequenas pedras coloridas consistiam em nossos assombros, nossos sustos. Vovó ainda murmurou "A voz jovem que eu ouvi nessa madrugada em meu quarto", e confirmamos com a cabeça: também acreditávamos que aquilo fazia parte da mesma *presença*, do mesmo rol de acontecimentos.
Silêncio. Jackie interrompeu com a pergunta:
— E agora? O que a gente pode fazer?
Foi nesse momento que Bárbara acordou.

CAPÍTULO 9

BÁRBARA ACORDOU. E aqui tenho de usar uma frase que deve ser o chavão dos chavões: ela acordou *como se nada tivesse acontecido!* Sentou no sofá, sorriu.

— Oi, gente. O que foi? Por que estão me olhando desse jeito?

— Querida — vovó começou —, não é possível! Você não se lembra de nada?

Riu mais aberto.

— Não sei. O que tem pra lembrar?

Olhou para o chão da sala, reconheceu os copos em pedaços, as letras de Ouija, fez um gesto coquete, colocando a mão diante da boca.

— Ops! Acho que dei mancada... Desculpem, amigos. Mas eu comecei a arrumar tudo para a sessão e não conferi antes. Achei que a vovó já tivesse saído para o bingo...

"A *vovó*!", repeti mentalmente, estarrecida, irritada. Nunca Babi tinha usado essa palavra naquelas duas semanas, mas naquele instante a *doce, bela, ingênua e delicada* Bárbara chamava *nossa* avó de vovó.

Lucas:

— Por que colocou os doze copos, Babi, fazendo a roda da consulta?

— Coloquei todos pra gente ter a chance de escolher o melhor, Lucas. Democracia, né?

— E aquela voz? — Jackie engoliu em seco, procurando palavras. — O que foi, como você fez aquilo, o que...?

— Que voz? — Ela se acomodou melhor no sofá, uma sexy ruguinha entre as sobrancelhas.
— Você não lembra, Babi? Você gritou, corremos a acudir e a encontramos apontando para a roda, totalmente... — Vovó procurou a palavra. — Inerte? Não, você estava paralisada, catatônica!
— Eu? — Fez força para lembrar, sorriu. — Acho que vi um sapo. Vocês sabem como tenho medo desses bichos e me apavorei. Vai ver por isso desmaiei, por causa desse sapo-monstro!
— Sapo-monstro, Babi? — Magali achou as palavras mais corretas.
— Você agarrou a vovó e falou como se *você* fosse um monstro! Aí caiu dura, desmaiou.
Outra ruguinha sexy:
— Não lembro.
— Ok, ok, ok. — Assumi o comando. — Você pensou que vovó havia saído, arrumou o tabuleiro Ouija, que pegou debaixo da minha cama.
— Certo.
— Buscou os copos. Tudo bem, você viu vovó guardar a caixa no armário.
— Isso mesmo.
— Afastou os móveis, mas não fez barulho pra isso, e olha que esse sofá é pesado pra burro!
— Nem tanto. — Ela começava a se irritar com meu interrogatório.
— Vamos dizer que está tudo certo até aí. — Olhei para todos antes de dar a estocada final, touché, naquelas mentiras. — Mas e o santinho? Por que colocou o santinho do cemitério no meio da roda? Como você encontrou ele?
Babi suspirou, leve e alegre.
— Não tenho a menor ideia do que você está falando, Magda.
— Como não? No meio da roda, no lugar do copo, você colocou o santinho que roubou do cemitério!
— Onde ele está? — Babi perguntou.
Apontei para o chão e... nada. Não estava onde deveria estar, em meio à roda. Nem entre os cacos dos copos ou esparramado com os papéis. Fui procurá-lo embaixo de móveis, atrás do sofá...
— Magda, agora quem não está entendendo nada sou eu — disse Jackie. — Que santinho?
Respondi ainda agachada:

— O santinho de barro fazia parte da roda! Vocês não viram? — Eu vi foram rostos em negativa. Prossegui: — Já disse, eu o desenterrei do quintal, coloquei na caixa de sapatos pra assustar a Babi... Depois que ela desmaiou no nosso quarto, eu o tranquei na mala, ninguém sabia que estava na mala! Como ela o tirou de lá?
Então foi a minha vez de receber aqueles olhares surpresos e incomodados. Corri até o quarto, acompanhada de meus primos e de Magali. Abri a mala, achei o compartimento secreto, puxei o zíper...
Nada. Nem sinal do santo.
— Então ele tem de estar na sala!
Reviramos, varremos, conferimos todos os cantos, levantamos móveis... Também nada.
Enquanto fazíamos essa caçada (não lembro direito por que esse santo ganhou uma importância especial naquele momento, mas senti como se alguma chave do enigma dependesse dele), vovó ficou ao lado de Babi, conversando com ela.
— Costuma ter esse tipo de desmaio, menina? De apagamento?
— Nunca na vida, dona Magdalena.
— Isso pode ser sério. Acho melhor telefonar para seus pais.
— Posso dar o número do celular, dona Magdalena, mas duvido que a senhora consiga falar com eles. Iam fazer uma excursão de barco por uns três dias... Acho que lá o celular não pega.
Mesmo assim, vovó quis tentar. Usou o celular de Babi; "fora de área" foi a resposta.
— E agora? Você tem cartão de convênio, Babi, o número do telefone do seu médico?
— Aqui não, dona Magdalena, mas pra quê?
— Talvez seja melhor a gente voltar para São Paulo. Suspender as férias.
Ela riu, mais sedutora que nunca.
— Ah, que absurdo! Estou ótima. Se eu apaguei, foi de bobeira, por medo de um sapo, coisa assim. Mas passou. — Encarava o rosto sério de vovó. Mudou o foco, virou-se para todos nós, bateu palmas. — Gente! Eu estou com cara de doente, por acaso?
Estava linda, maravilhosa, radiante, feliz... Poderíamos escolher dezenas de adjetivos; jamais diríamos doente. Lucas acabou concordando que ela "parecia bem".

— Então vamos continuar as férias! Pena que a vovó perdeu o bingo desta noite. Mas amanhã a senhora vai, não é? Ganhar o prêmio especial desta vez.

Parece difícil de acreditar, diante dos acontecimentos, mas vovó foi, sim, à quermesse na noite seguinte.

Devo culpar minha avó? Devo usar palavras pesadas a seu respeito, chamá-la de irresponsável, uma senhora viciada em jogos de azar, que largou os netos em meio à crise e foi se divertir, egoísta?

Ou, diante dos fatos e da sua leitura deles, nada haveria de mais grave que a impedisse de se "distrair um pouco", como falou?

Domingo pela manhã, à hora costumeira da praia, vovó aproveitou que Babi alugara um caiaque e nos reuniu embaixo do guarda-sol.

— Pensei muito no que vocês me contaram. Aproveitei que minha orientanda deixou seus livros comigo, pesquisei, li um pouco. Acho que sei o que aconteceu. Aliás, até o que ainda *pode* acontecer!

Ouvimos. Quietos, atentos, curiosos.

— *Poltergeist!* — disse vovó, triunfante. — Bárbara está manifestando o fenômeno de *poltergeist*. Não tem espírito, fantasma, demônio, coisas do Além, nada disso. É só um... distúrbio elétrico, vamos dizer assim, um forte ataque de sugestão psíquica manifestada por uma adolescente especialmente impressionável, que tem dons paranormais até agora não desenvolvidos e que despertaram quando vocês usaram o tabuleiro Ouija. A partir desse momento de estresse e talvez de medo, ela... bem, ela não conseguiu controlar sua imensa capacidade mental.

"*Imensa capacidade mental?*", pensei. Aquela criatura ridícula, aquela... *débil* mental — preferi agredir —, aquela burra, uma ignorante que falava errado e ficava de bobeira diante de tudo, aquela...

Aquela criatura que, a partir da definição de vovó, se tornou alvo de meu imenso ataque de inveja.

— Vó, não estou entendendo... — disse Jackie. — Quer dizer que a Babi pode mover coisas sem botar a mão?

— Pode ser. Lembra que você, por um instante, viu as portas e as janelas da casa abertas? Ninguém viu e depois precisei usar a chave?
— Foi a Bárbara? — Jackie não parecia muito convencida. — Abriu e fechou janela só com a força da mente?
— O surfista! — falei. — Como é que ela fez o cara ficar grande, iluminado, surfando num mar sem onda, flutuando?
— E depois mostrou aquela cara diabólica para mim? — completou Lucas.
Vovó manteve a risadinha professoral.
— Você disse que ela parecia conjurar forças sobrenaturais na amurada, não foi, Magda? Sob essa manifestação e por influência dela, você pode ter enxergado, num surfista comum, uma aparência extraordinária. E, se a própria Bárbara acreditava ter esse poder, no momento em que foi interrompida por você, Lucas, revelou uma face... hedionda, digamos assim, por sugestão psíquica.
— E meu sorvete com vermes? Foi ela também? — perguntou Magali.
— Um sugestão pré-programada. De que você veria algo ruim num momento de especial prazer. É raro, mas pode acontecer. Há casos registrados, eu li.
— Os urubus enfeitando a árvore...?
Vovó sorriu com tanta condescendência que eu mesma completei a ideia:
— Pode ser uma coisa natural. A gente já viu bastante urubu por aqui, secando as asas de um jeito parecido.
Ficamos matutando e procurando outros casos que fugissem da tal "explicação *poltergeist*": seus olhos abertos enquanto dormia e falava sozinha um mantra, o modo como os sofás e móveis da sala estavam afastados na véspera sem que ninguém tivesse ouvido barulho de arrastar, a conversa com "o invisível" que eu flagrara no momento em que enterrava o santinho. Lembrei dele:
— Eu fechei o santinho na minha mala. Ela não podia saber onde estava pra tirar de lá. Só se alguém contasse pra ela!
— Santinho? — Vovó me encarou firme. — Desculpe, Magda, mas até agora você foi a única pessoa que viu o tal santo de barro.
— É, Magda. — Lucas parecia chateado em me contradizer. — No dia em que entramos sozinhos no cemitério, eu vi a Babi colocar o santo no túmulo certo. Posso jurar que ela deixou lá.

— Então como é que depois eu vi a Babi enterrando-o no quintal? Eu desenterrei e coloquei na caixa de sapato. Como foi ele aparecer no meio da roda de Ouija ontem?

Vovó e sua explicação lógica! Falou de mim em terceira pessoa:

— Bem, digamos que a Magda realmente tenha desenterrado o santinho. E que a Bárbara o viu na caixa de sapatos. Ora, era uma noite em que faltava energia elétrica. Ela se sentia culpada pela brincadeira, ainda mais depois que o espírito a acusou, não foi? Pedindo que devolvesse o que era dele... Se ela viu o santo, pode ter sofrido um impacto e desmaiado. Aí teríamos a explicação da visão, do rosto protetor do fantasma do surfista. Concordam?

Os rostos de meus primos se moveram em "sim". Vovó continuou:

— Quanto a esse santo ter surgido ontem na sala... Eu não o vi na roda de Ouija. Alguém viu?

— EU VI, vó! — gritei, diante do silêncio dos outros. — Estava bem no meio! O que é isso? Eu também estou com *poltergeist*, agora?

O suspiro e o olhar de vovó nada tinham de científico ou de paranormal. Ela me olhou como se dissesse "você pode estar mentindo".

— Vó, mas tem uma coisa que não estou entendendo — disse Jaqueline. — Ela sabe que está fazendo isso? Ela está tirando sarro da cara da gente, ela faz sem querer, o quê?

— É difícil compreender todos os detalhes de *poltergeist*, querida. Os próprios cientistas se dividem quanto a isso. O que se sabe é a definição clássica: "fenômeno que se manifesta através de um adolescente sob estresse ou perturbação mental e que pode atuar, voluntária ou involuntariamente, em telecinesia, odores estranhos, alucinações visuais ou auditivas".

— Enfim, mais ou menos tudo o que vimos acontecer esses dias. — Magali parecia bem decepcionada. — Por que justo com a Babi, vó? O que ela tem de especial?

— Isso eu não sei responder. Por que ela? Quando voltar a São Paulo, vou procurar os pais dela. Conversar com eles. Quem sabe a Bárbara faz alguns testes na universidade? Vai saber que outras habilidades especiais essa menina pode revelar...

Naquele momento, a única "habilidade especial" que presenciamos foi sua sorte em superar uma onda sem virar o caiaque, já perto da beira da praia. Antes que Babi nos alcançasse, vovó deu as últimas coordenadas.

— Enquanto a gente não volta a São Paulo e nem conversa com especialistas, queridos, sugiro que vocês a tratem bem. Não fiquem impressionados se ocorrer alguma manifestação e, por favor, nada de atividades fortes, como tabuleiro Ouija. Nada que pressione muito a garota, que aumente o seu estresse, entenderam?
— Quer dizer que é pra gente ficar mimando essa tonta, vó? — reagi. — Por que senão ela faz o quê, me transforma em sapo?
— Ou derruba a louça na sua cabeça — completou Magali. — Faz a sua comida virar minhoca.
— Parem de agir feito umas... — Vovó se zangou. — Umas ignorantes! Não precisam mimar nem irritar. Sejam apenas normais.
E sorridentemente abriu espaço na esteira a seu lado para Babi sentar.

Então o domingo foi *normal*. Depois do jantar, vovó revelou seu desejo *normal* de ir ao bingo e ainda perguntou se Babi não gostaria de lhe fazer companhia, "já que você tem tanta sorte", mas a víbora paranormal revelou um cansaço: "Remar caiaque acaba com a gente". Vieram então os beijinhos, despedida, vovó trancou a casa e...
Ficamos *normalmente* bem.
Não, não foi bem assim. O que ficou intoleravelmente anormal foi o absurdo clima de bajulação em cima de Bárbara. Meus primos pareciam ter engolido sem questionar toda a explicação "*poltergeistiana*-magdaliana" e tratavam a garota como uma repentina celebridade. Como se fosse apenas questão de tempo Babi ser descoberta por seus poderes extraordinários e virar atração num programa de TV. Para aumentar minha frustração, não só Jackie reencontrara a camaradagem com a "não é bem minha amiga" e Lucas a antiga paixão, como Magali — traidora! — também parecia esquecida do sorvete de lesma e sorria, complacente, diante da TV.
Porque Babi preferiu *ver* TV naquela noite! A atriz, exausta de suas performances sobrenaturais, era complacente com os pobres mortais e via TV com a gente! E eles, *eles*, a minha família, achavam isso o máximo.

Risadinhas, comidinhas, breves comentários sobre os programas, o sofá de quatro lugares apertadinho para eles, a "Rainha Poltergeist" sentada no meio da corte, enquanto eu optava pelo pufe grande, meio de lado, mal e mal enxergando a tela do aparelho, mas enxergando bem, bem demais, quando hora ou outra Babi lançava um olhar do tipo "venci" em minha direção...

Pare. Respire fundo, Magda. Segure a raiva, pense. Se ainda hoje, só de lembrar essas coisas, revelo tamanha ira, inveja e maledicência, como me sentia naquela noite? Que tipo de sentimentos destilava para ela, sobre ela?

Certamente maus. Muito maus.

E ela? Será que Babi também me detestava com igual intensidade? Ou eu projetava em Babi meus sentimentos a seu respeito: se eu a detestava tanto, ela só poderia também me desejar o mal?

Quando o filme terminou, Lucas foi para seu quarto, as meninas se acertaram nos beliches, e eu preferi ainda ler um livro na sala. Enrolei a leitura o mais que pude para ter certeza de que dormiam, de que não teria de dizer boa-noite, quando nada desejava de bom para elas... Depois, devia ser quase uma hora da manhã, o sono começou a me vencer, os olhos a pesar. Fechei o livro e fui ao banheiro.

Abri a porta espelhada do armário, peguei escova e pasta, afastei o cabelo do rosto... e o vi. No reflexo do espelho, entre xampus e cremes da beirada do boxe: o santinho de barro.

— Safada! — exclamei. — Então foi aqui que ela escondeu o santo!

Um lugar improvável, ninguém procurou no banheiro. Feliz com a descoberta, fechei o espelho e me virei para o boxe, contente em resolver o enigma, e...

Cadê o santo? Encontrei apenas os frascos comuns, coloridos e inofensivos dos produtos de beleza. Nada de santinho, nada de anormal.

Por enquanto. Apenas por enquanto...

CAPÍTULO 10

CREIO QUE POR ESSA OCASIÃO a casa começou a agir.

Acordei mal no dia seguinte, com ressaca de fúria! Tanta raiva concentrada acabou se voltando contra meu corpo. Eram os músculos tensos, os dedos dormentes, a testa latejando, a língua grossa...

Vovó deu o veredicto.

— É gripe. Melhor descansar por hoje, Magda.

Acatei prazerosamente a sugestão. Era bem melhor ficar sozinha na casa do que novamente presenciar o motivo de meu mal-estar: a estúpida paparicação sobre Bárbara.

E ela quase estropia esse bem-estar.

— Tadinha da Magda! Acho que também não vou à praia. Assim você não fica sozinha!

Por sorte, a chegada de Camélia me salvou. Apontei para ela.

— Camélia me faz companhia!

— É, Babi, vem com a gente — Lucas insistiu. — Agora que você perdeu o medo do caiaque, quem sabe nós remamos até a ilha.

— Combinei com o vendedor de bijuteria — lembrou minha prima. — Ele ficou de trazer uns brincos novos.

— Eu te pago um sorvete — disse minha irmã traidora, sem um pingo de ironia ao fazer a oferta.

Vovó ainda fez a consulta.

— Tudo bem, Camélia? Deixar a menina aqui?

— Não atrapalha em nada, dona Magdalena. Pode deixar que cuido bem dela.

Então a hora seguinte foi como de praxe: separar toalha, sacola, guarda-sol, vestir biquíni, escolher camiseta, passar protetor solar, etc. Quando percebi, pelo silêncio, que afinal a casa me pertencia, resolvi reforçar o café da manhã.

Camélia estava na cozinha e sem problemas repôs a mesa.

— Quando for limpar nosso quarto, me avise. Fico na sala — falei.

— Não tem pressa, não. Vou primeiro mexer lá nos fundos. Estou só criando coragem...

Forçou um suspiro tão visível e dramático que pedia a pergunta seguinte:

— Tudo bem?

Nada de retórica com ela. Prazerosamente, Camélia explicou por que não estava tão bem assim:

— Não gosto de arrumar a edícula. Faz lembrar de uma coisa... Do Quinzinho, o Joaquim. Foi caseiro ainda nos tempos da mãe de dona Inês.

Continuou:

— Quinzinho sempre foi meio esquisito, mas nunca se pensou que ele... — Parou e respirou fundo. — Sempre preferiu cuidar de planta e pescar do que lidar com gente. Por isso que o povo dele gostou tanto quando surgiu a vaga de caseiro aqui. Morava sozinho lá nos fundos e, que eu saiba, a mãe da dona Inês nunca reclamou dele, não. Mesmo sendo esquisito. Até...

Camélia segurava a chave da edícula e brincava com ela sobre a mesa. Tanto "preparou o terreno" da sua história, mas acabou desembuchando tudo de uma vez.

— Até que pegou o facão de pesca e meteu com tudo no pescoço, se abriu sozinho como se fosse um peixe! Só encontraram o corpo depois de três dias, porque, como eu disse, ninguém se dava muito com ele, não. Aí é que a gente achou aquele monte de coisa no quarto. Credo, coisa assim que mostra que ele preparava a doidice fazia tempo. Dá até medo pensar no que ele pensava noite e dia sozinho naquele quarto... Noite e dia, noite e dia...

Dizia isso e movia a chave para cima e para baixo, num ritmo hipnótico. Acompanhei o gesto com o olhar. De repente ergui a mão e parei a chave no ar. Camélia levou um susto. Mas sorri para ela. Falei:
— Deixa eu ver?

Camélia parou na porta e segurou a maçaneta.
— Faz tantos anos que está assim... Não sei por que dona Inês não arruma, não manda pintar as paredes. Também, ninguém mais morou aqui depois. Quando a mãe da dona Inês morreu, ela me contratou. Diarista é mais fácil do que ter caseiro. Pelo menos é o que eu acho.
Colocou a chave no buraco, girou. Mas não revelava nem pressa nem firmeza para abrir a porta.
— Não repara que...
— Pode deixar.
Empurrei a porta de vez e fui recebida pelo odor característico do litoral: maresia, mofo e... algo mais. Algo que nada tinha a ver com o mar ou com portas fechadas. Talvez fosse cheiro de vela, talvez fosse cheiro de sangue. Dei um passo adiante e entrei no quarto antes de Camélia.
— Viu? Viu só por que dona Inês devia ter pintado?
Era impossível não ver. Todas as paredes estavam tomadas por rabiscos, pinturas, desenhos, números, palavras. Do chão ao teto, e mesmo nele, alguns círculos em negro formavam estranhas nebulosas.
— Impressionante... — murmurei.
— Imagina o que ia pela cabeça do coitado! — Camélia agarrou uns travesseiros e começou a levá-los para fora. — Quanto tempo pra fazer isso, quanto tempo o Quinzinho já num devia estar de conversa com o demo...
— Como assim?
Ela levou os travesseiros para o meio do quintal, voltou para pegar o colchão, ia e voltava sem parar de falar. Eu ouvia sua voz ora firme, ora baixa.
— Depois que ele morreu, todo mundo tinha sua história pra contar. Uns meninos disseram ter visto ele na praia, braços pra cima, cabelo solto no vento... E também lembraram que era noite quente e num tinha

vento. O meu compadre Damião conta que sempre batia palma aqui e pedia um copo d'água quando ia pra vila, e que não tinha vez que não ouvia o Quinzinho de prosa com alguém no quintal, mesmo que só mexesse com planta e o quintal estivesse vazio. A dona Hermelinda diz que nunca que nunca ele deixava gente entrar no seu quarto. Uma vez até a mãe da dona Inês ele barrou, e por mais que ela quisesse falar com ele, teve de ser aqui fora. Sei lá... Doido, doidinho de pedra, coitado, há quanto tempo? Quem sabe se o povo desconfiasse antes num fazia alguma coisa? Antes de ele cometer o pecado mortal? O padre mesmo, na época era o padre Gil, podia ter dado a bênção no Quinzinho, ou pelo menos na casa, pra aliviar os espíritos...

Num certo ponto, comecei a ouvir-sem-ouvir sua lenga-lenga. Apenas via Camélia entrar e sair esvaziando o quarto e me perdi em observar as paredes. Tantos escritos! Uma letra miúda, quase medrosa de ver o espaço acabar antes de registrar as ideias. Frases começavam no meio da parede, desciam, apertavam-se na linha do rodapé, interrompiam-se como se penetrassem debaixo da terra. Desenhos começavam minúsculos (mal percebi que um borrãozinho era uma abelha) e depois se acresciam de círculos que criavam pétalas e desabrochavam em flores imensas.

— Tá vendo, menina? Quanta coisa ele escreveu! É de dar dó.

Era fascinante.

— Camélia, esse quarto está completo? O banheiro funciona?

— Claro! — Foi ao cômodo contíguo e provou abrindo a torneira, puxando a descarga. — Deixo tudo em ordem, mas acho que nunca mais usaram. Também, depois que a mãe da dona Inês morreu, eles vêm pra cá só de vez em quando, pouca gente, que fica na casa grande. Limpo uma vez por mês e fica tudo fechado.

— Desta vez, Camélia, deixa a chave comigo. Está bem?

Hoje me pergunto se as atitudes no restante do dia foram efetivamente minhas. Ações planejadas, dissimuladas... Por que aguardar pela hora aproximada do retorno da família antes de me recolher ao beliche?

Como sabia escolher a erva certa do quintal para esfregar nos olhos e conseguir vermelhidão, mas não dor? Por que me regozijar com o pedido de Camélia, "se podia voltar só na sexta-feira, porque o caçula tinha consulta no posto"? E por que ainda esperar pela sua saída para fazer o pedido, tão casual e generoso?
— Gente, não é melhor eu dormir longe de vocês esta noite? Ainda vou passar gripe pra todo mundo!
Vovó conferiu minha aparência e fez uma careta. Eu me mostrava vítima de uma gripe atroz: olhos vermelhos, tosse constante, movimentos lerdos de quem sente muita dor no corpo.
— Você prefere mesmo ficar aqui na sala, Magda? Não tem cortina, vai ficar claro bem cedo...
— Podia ficar com meu quarto e eu dormia no beliche — ofereceu Lucas.
Rapidamente frustrei sua oferta com bom humor.
— Você entre as meninas, hein? É a raposa com as galinhas! — Virei para vovó. — Mas não preciso dormir na sala. A dona Camélia é que deu a ideia. Agora ela arrumou e está tudo ótimo!
— Do que você está falando, Magda?
Ergui o objeto à altura do rosto de vovó.
— Ela até me deu a chave. — Respirei fundo, falei de vez: — Da edícula. Posso ficar lá esta noite.
— Aquele quartinho no quintal? — Vovó tentou puxar a chave, enfiei-a no bolso.
— Ele mesmo, vó! Está limpo, arejado, tem banheiro... Assim eu posso ler até mais tarde que não incomodo ninguém.
— E se precisar de alguma coisa, Magda? Se tiver febre, quiser um chá, pedir ajuda?
— No chaveiro tem também a chave da cozinha, é só entrar. Não faço barulho, não incomodo. E descanso melhor.
Tentei "ler" no rosto dela e vi que vovó se dividia: meio convencida pela praticidade do arranjo (detesta doenças contagiosas e pessoas que destilam seus vírus indo à escola ou ao trabalho), mas também sentindo culpa pelo abandono da doentinha. Consegui a vitória quando falei:
— Depois que a senhora sair para o bingo, ainda fico aqui na casa, vejo um pouco de TV, ajudo na louça...

— Não precisa — disse vovó. — As meninas e o Lucas se arranjam sozinhos.

— Mas fico com eles, pra ter companhia. Na hora que der sono, vou para a edícula. Não é sempre pior o contágio quando se dorme? A senhora não diz isso, que ficar "respirando ar viciado é um perigo"?

Essa era outra de suas frases feitas e vovó capitulou. Restavam minha irmã e primos. Magali de certa forma invejava meu privilégio, ela que sempre defendeu um quarto só para si em nossa casa paulistana; mas aqui na praia era arranjo temporário, acenou "sim" com a cabeça. Meus primos estavam tão encantados com Babi e me achavam tão mal-humorada que viram aquilo como um alívio no clima pesado. Quanto à Babi...

Creio que desconfiou.

— Não pensei que gostasse tanto assim de ficar sozinha.

Nessa hora um surto de espirros me fez soltar perigosos perdigotos, e Babi lavou as mãos para o meu desejo.

Graças aos céus ficaria livre de todos eles.

Quando percebi isso, libertei-me de desejos maus. Relaxei a tal ponto que até cochilei no sofá depois do jantar. Vovó veio se despedir com um suave beijinho.

— Tem certeza, querida? Quer mesmo ficar na edícula?

— Tudo bem, vó. Vou conversar um pouco com as meninas e depois vou pra lá. Uma boa noite de sono e a gripe passa depressa.

Suspirou.

— Ah, querida, nem sei se era bom você sair da casa, andar pelo quintal...

— Quê isso! Vai dizer agora que a senhora nem vai ao bingo só pra cuidar de mim?

Sabia que ela nem *sonhava* em deixar seu jogo de lado! A sua preocupação era retórica vazia, alívio de consciência, e então eu sorri, por minha capacidade em *ler* tão claramente sua hipocrisia. E descartei a

possibilidade seguinte — "quando voltar da quermesse passo pela edícula para ver se você está bem" — com:
— Só chama na porta se tiver luz acesa, vó. Senão, é melhor me deixar dormir.
Com os outros as coisas não foram tão diferentes. Ao contrário da véspera, quando me retorcia em raiva só de vê-los com Bárbara, agora podia ser generosa. Compreensiva em reconhecer seus motivos: "Uma amiga paranormal", pensava Jaqueline, "quando contar isso na escola, vão ficar com inveja". Lucas fingia ler um gibi e grudava os olhos no decote de Babi, disfarçando a respiração acelerada com o mascar nervoso do chiclete. Magali sonhava com "presenciar tudo mesmo, louça voando, cama levitando, porta abrindo e fechando só com a força da mente... Quem sabe se pedir ela faz isso acontecer?".
Babi agia com tanta calma que parecia dopada. E não estava? A admiração alheia não era para ela o mais poderoso tranquilizante?
Pelas dez da noite me despedi deles e saí para o quintal.
Noite bonita, sem vento, céu coalhado de estrelas. A mesma sensibilidade aguçada que revelara na casa, lendo a alma dos meus parentes, prosseguia agora com a percepção da natureza: a mais leve aragem percorria a pele de meus braços feito uma carícia, o distante som de um grilo era música nos ouvidos, o vaga-lume vislumbrado na hera do muro assemelhava-se ao liga-desliga de uma lanterna. Ah, quanta beleza! Quanta paz!
A chave girou fácil, o cheiro agora renovado do quarto me recebeu, os desenhos a serem decifrados. Entrei devagar, afastei o cabelo do rosto e, antes de acender a luz, falei:
— Estou de volta. Tem alguém aqui pra me receber?
O pior (ou melhor, naquele instante) era eu saber *que tinha*.

CAPÍTULO 11

MINHA GRIPE DUROU DOIS DIAS e passei a maior parte desse tempo na edícula. Foi uma revelação, e hoje creio que essa palavra ainda é fraca para definir o que aconteceu. Foi mais que isso. Foi o quê? Obsessão? Entrega? Euforia?

Pude ler todas as mensagens das paredes, mais de uma vez. O que num primeiro instante parecia incoerente, em outro momento era a mais cristalina verdade e orientação.

Havia frases filosóficas, gerais:

ELES NADA SABEM DA DOR. A DOR DE CADA UM É SÓ DE CADA UM.

Ou:

TODO MUNDO NASCE SOZINHO E VAI MORRER SOZINHO.

Havia também trechos conhecidos, MEU CORAÇÃO BATE FELIZ QUANDO TE VÊ, e o verso de Pixinguinha terminava com o "te vê" rabiscado em dezenas de riscos ferozes até descolar o reboco. Ou EU SOU NUVEM PASSAGEIRA em letra redonda, dentro de uma nebulosa que partia da claridade até se tornar imenso cúmulo pesado no teto do quartinho.

Em outro lugar, meu antigo "companheiro de cela" pregava, indignado: É HORA DE AGIR É HORA DE SE ARREPENDER DOS PECADOS PORQUE OS NAVEGANTES CHEGAM DOS MARES E DOS CÉUS E COBRIRÃO A TERRA COM SUA JUSTIÇA. Ainda: LARGUEM DOS

SEUS BURACOS NOJENTOS NO CHÃO E FAÇAM ALGUMA COISA QUE PRESTA ACABEM COM O SOFRIMENTO AGIR É SE LIBERTAR BANDO DE CANALHAS SUJOS IMUNDOS HORRENDOS.

Havia ainda lugares (mais próximos do chão, letra muito-muito miúda no rodapé) em que se partia realmente para a obscenidade e vingança: TODOS VOCÊS F... AS SUAS MÃES; VOCÊS SÃO (sequência de palavrões) E VÃO ARDER NO INFERNO; OS DIABOS VÃO... NOS SEUS... E por aí seguia, revelando claro prazer em detalhar as partes dos corpos que os demônios iriam ferir, destripar, barbarizar.

Tudo aquilo me divertia muito. Eu me sentia em êxtase! O que não eram mensagens efetivamente pessoais, de maneira mágica endereçadas a mim, eram expressões inteligentes de uma mente em epifania, contato divino que lhe permitia compreender e analisar o universo. Revelação! Momento sublime! Glória!

Ou loucura? Ou...

Tenho medo, ainda hoje, de dar o nome correto daquilo que me aconteceu naquela edícula.

Foi na madrugada da primeira ou da segunda noite que eu o vi pela primeira vez? Não tenho certeza. Lembro que claramente havia uma dissociação: na casa grande me dotava de paciência e da frágil aparência de adoentada e tudo era amabilidade e dissimulação; no quarto dos fundos, eu me rendia à realidade: podia odiar quem quisesse, podia me enlevar na comunhão com aquelas ideias e esperar por *alguma coisa* a mais que, pressentia, estava por vir.

E por tanto tempo li e traduzi as frases! Passava os dedos pelos desenhos feitos com caneta hidrográfica. Em alguns lugares, as pontas acabaram engastadas na parede. Interpretei os hieróglifos daquelas ideias, armei-me da extrema sensorialidade que me permitia ouvir o carro de vovó chegando e desligar a luz para fingir que dormia.

Até o momento de exaustão em que me joguei na cama e fixei os olhos para enxergar o teto. E quando digo enxergar, uso o termo literal:

fiquei muito, muito tempo de olhos abertos no escuro; sabia que acima de minha cabeça haveria mais do que aqueles desenhos. E vi.
O contorno de uma figura de barro.
Só que ali, no teto, não era de barro. Era a figura do santo — cabelos longos e castanhos pelos ombros, a capa sobreposta numa bata longa, os pés descalços, mãos abertas ao lado do corpo, a barba pontuda e também amarronzada, o sorriso carcomido pelas intempéries a que ficou submetido no cemitério... E também era *mais*.
Deixou de ser desenho e foi virando gente. Da completa escuridão foi ganhando cor. Vislumbrei a massa dos cabelos se separar fio a fio. A roupa pegou densidade, peça sobre peça, azul-escuro sobre azul-claro. Os pés se moveram lenta e deliberadamente; ele avançou um passo, dois. O rosto riscado e opaco se encorpava em carne e cara de gente.
Uma gente viva. Um homem acaboclado e miúdo sob a roupa simbólica de santo. Falou:
— *O que você sente?*
— Agora estou bem — respondi. — Agora, aqui, estou feliz.
— *Não pode ficar aqui para sempre, Magda. Sabe disso.*
Revirei-me na cama, frustrada. Os olhos pesaram de lágrimas.
— Eu sei disso. Vou ter de sair. Vou ver aqueles... Vou...
A fúria da véspera retornou imensa, arrepiante. "Meus próprios primos não percebem que aquela farsante nojenta faz eles de bobos... Minha irmã traiçoeira perdoou a palhaçada do sorvete e agora dá risada junto com a Bárbara... Aquela cretina roubou meus parentes e me trata feito criança, debocha de mim, desgraçada!"
Pensava em coisas assim e chorava. O choro da raiva, que é o pior que existe.
A voz:
— *O que você quer?*
Desvirei-me, abri os olhos para o escuro. O "santo" estava bem próximo, não mais grudado em desenho no teto. Desfeito de sua roupagem de artesanato, era um matuto, vestindo fiapos de camisa de trabalho, com o cabelo desgrenhado e a barbicha de poucos fios. Olhos miúdos maliciavam meu rosto e seu sorriso fino vinha de uma boca em fenda. Ele falou novamente:
— *Magda, o que você quer de mim?*
Respondi:

— Quero que ela sofra. Quero que ela tenha medo, muito medo!
Devem ter sido as palavras finais antes de eu fechar os olhos.
E dormir.
E sonhar.

Onde estava? Próxima à praia. Escuro. Debaixo d'água? Não, o corpo seco. E, se nada podia enxergar, podia *sentir*.
Havia o mar. Queria recebê-lo com meus cinco sentidos. Mas antes da umidade ou do cheiro de maresia, eu o captei pelo som: o rugido de fera, o distante e permanente barulho das ondas... Elas iam e vinham ritmadas, como se minhas orelhas fossem pedras onde as vagas vinham bater.
Na boca, um gosto amargo, como se mascasse feno ou folhas durante horas, a sensação de inchaço nos lábios. Como estava?
Raspei os pés no chão, pés grossos, arredondados. Tentei alisar meu cabelo para trás (continuava longo, os fios relavam na nuca), mas não pude erguer os braços. Eles também se firmavam naquele chão arenoso. Quem eu era?
O escuro profundo me incomodava. Retesei músculos e entendi que a força era bem maior que a humana. Eu era um bicho?
Aos poucos, uma luz amarelada veio do céu. Surgiu no alto e detrás de uma rocha. Então eu estava num monte, numa ladeira de terra batida, e perceber isso me alegrou! Quis gargalhar e consegui um relincho longo... A natureza do meu berro, porém, não mais importava, porque eu o avistei.
Um animalzinho pequeno, de orelhas e olhos saltados. Intuí que deveria caçá-lo e pensei se isso era possível. Não havia muita lógica em um cavalo caçar um coelho, mas existe lógica nos sonhos?
A caçada era missão e algo mais: era *diversão*! Dei uns passos, o bicho se assustou. Relinchei. Ele fugiu.
Galope-galope-galope... Era bom! O vento agora trazia a maresia com mais força e aquele sol pálido no céu — por um segundo lembrou

os rabiscos no teto da edícula, mas só por um mínimo instante — me deixava ver o caminho, que serpenteava morro acima. Galope-galope--galope...
　　O bicho, cadê o bicho? O coelho de olhos grandes demais, onde estava? Eu o vi se erguer nas patas traseiras e abrir o trinco de um portão de ferro.
　　Não era mais coelho. Ou, se ainda era bicho, tinha adquirido contornos humanos, braços mais longos, dedos, cabelos escuros e compridos. Só os olhos permaneciam castanhos, úmidos e apavorados. O medo se revelava porque, mal entrou pelo portão, entendeu que não havia outra saída: entrar ali era me enfrentar ou morrer.
　　Quis relinchar de alegria e meu grito equestre saiu mais rouco e longo do que o desejado. Veio profundo... Alegre e urrado, um grunhir sombrio para quem fosse a caça.
　　Além disso, a sensação nos meus cascos era como se o solo se amaciasse; pisava sobre pantufas de pele e de pelo, e o pelo também era sedoso no corpo. Lambi os lábios e senti os dentes... Quem eu era?
　　Importava? Era o caçador. E havia uma presa.
　　Ela estava lá, atrás do portão. Correndo por entre montes de pedras altas e tumulares, tentando se proteger no mato rasteiro. Estúpida. Se agora eu tinha olhos de lince, como não enxergá-la?
　　Farejei profundamente. Como era bom! O vento com gosto de mar. O vento com gosto de carne. Salivei antecipando o prazer da carne.
　　A criatura ziguezagueava em desespero e o vento me trazia seu medo. Sorri (feras podem sorrir?), que delícia saber que ela — a presa — sofria!
　　"Quero que ela sofra... Quero que ela sofra... Que ela sofra" virou a cantiga que flutuava no vento, melodia linda, "que ela sofra"...
　　Ela percorreu o terreno inteiro e acabou encurralada na ponta do precipício. Além da terra, rugindo a duzentos metros abaixo, estava o mar. Acima de nós, apenas o céu.
　　Olhei para cima um instante e vi o pequeno brilho entre as nuvens. O instinto disse para me apressar, aquele brilho não era bom (tempestade?), deveria logo dar o bote, acabar com o sofrimento da presa, devorar o meu prêmio com a mais tranquila alegria. Olhei para ela, "Vamos acabar logo com isso". Arreganhei os dentes e me orgulhei em saber como eram grandes! Como eram fortes!

Da presa eu via apenas a carne e os arregalados olhos castanhos. Da presa eu cheirava só o odor do medo (o perfume do medo é afrodisíaco para os predadores) e na boca a saliva antecipava a morte e o estralar dos ossos. Retesei músculos, destravei garras e unhas...
E saltei.

O grito foi real ou veio do sonho?
Acordei num repente, girando entre os lençóis, embolando no meio da cama, tateando panos, descobrindo onde ficava o interruptor de luz, lembrando onde estava só depois de muita luta com os fiapos de meu sonho.
Ecos do grito ainda nos ouvidos. Até que me recordei de tudo: detalhes do sonho, da caminhada, da metamorfose em bichos, da caçada. O prazer da caçada! O medo da vítima!
E ainda a dúvida: o grito fora real? Real neste nosso mundo ou no outro, no onírico, paisagem do sonho? Apurei os ouvidos...
Do lado de fora da edícula a madrugada parecia normal. Discreta luminosidade por baixo da porta, canto dos primeiros passarinhos.

Descobri melhor o que aconteceu duas horas depois, quando levantei para tomar o café da manhã com o povo todo.
Vovó, roupão mal amarrado na cintura, cara amarrotada e grandes olheiras, fazia café e fervia leite diante do fogão.
— Bom dia.
— Bom dia, Magda. Por que levantou tão cedo? Mas parece que dormiu bem, você está melhor.
Melhor? "Radiante", pensei. E mais radiante fiquei quando ouvi:
— Quem dormiu mal foi a Bárbara. E todos nós, por conta do...

Magali desabou na cadeira a meu lado e nem me cumprimentou.
— Você não ouviu a gritaria, Magda?
— Que gritaria?
— Não é possível, tem mais de duas horas que a gente está de pé! Um barulhão dos diabos e você...
— Acabei de acordar — menti. — Da edícula não se ouve nada da casa. O que foi?

E me contaram: Bárbara acordou berrando. Parecia cega, movendo os braços para a frente, gritando "Pare! Não me mate!", e não teve jeito de tirar a *coitada* do sonho. Fizeram de tudo, seguraram braços e pernas ("como ela esperneava, deu ainda mais medo, parecia que a gente é que estava tentando matar ela", explicou Jackie), viraram de bruços, acariciaram, pediram, imploraram...

— Só quando o sol apareceu ela parou — disse Lucas.
— A gente já estava até com receio daquele sono esquisito — disse vovó — quando...
— ...ela finalmente despertou — completou Jaqueline. — Abriu os olhos na maior e ainda perguntou do café da manhã! Não lembrava de nada. Nadinha.
— Foi só um sonho — falei e calmamente me servi de leite.
— Sonho? — Magali fez uma careta. — Pesadelo bravo, impressionante! Fiquei até com medo de que ela morresse *de verdade!*

Pedi que me passasse um pãozinho e concluí:
— Pode sossegar, Magali, que ninguém morre nos sonhos.
E sorri.

CAPÍTULO 12

DISPENSEI A EDÍCULA. Não era mais necessário ficar lá. Até porque a diversão agora começava a acontecer na casa.

Naquela manhã a própria natureza parecia expectante, o céu com nuvens baixas e escuras, o ar imóvel. A meteorologia fazia cara ou coroa: cara, um sol radiante; coroa, a chuva mais feroz.

E a tempestade estava latente também entre nós. Meus primos e Magali cheios de dedos com Babi — "Tudo bem?", "Quer mais leite?", "Tem bolacha", "Passa o pão?". Vovó, louca para sair e fazer suas compras.

Depois de voltar pela décima vez da varanda à sala, conferindo o horário de abertura do mercadinho da vila e a possível tormenta, decidiu:

— Querem saber? Vou de carro até lá. Alguém me acompanha?

Rostos inexpressivos.

— Precisam de alguma coisa?

Apenas Magali pediu que comprasse queijo branco. O resto parecia influenciado pelo clima opressivo, angustiado.

E com motivo. Porque, mal vovó saiu, *ele* chegou.

Só para Babi. E de certa forma também para mim: via o seu contorno entre os móveis como uma silhueta prateada, ora um nariz, ora dentes, ora mãos.

No alto da estante havia um jarro de boca larga, com desenhos ao estilo marajoara. Balançou e fez um barulho de arrasto.

— O que foi isso? — Magali alertou.

— Ali! — gritou Lucas.
Em pequenos pulos o jarro surgiu à borda da estante e ficou num vai não vai. Eles olhavam o fenômeno e eu olhava para eles: Jaqueline de boca aberta, Lucas apontando, Magali quase sorria e Babi, ah, essa parecia enxergar *algo mais*, o mesmo *algo mais* que eu via: aqueles dedos invisíveis que atraíam o jarro para o vazio.
E a gravidade cumpriu sua lei: *crash*! O vaso arrebentou no chão.
Do mesmo modo que os copos e pratos da mesa. Alguns livros e revistas voaram e desfolharam no ar. O relógio de parede começou a girar loucamente os ponteiros.
— É a Babi! — minha irmã acusou.
Como resposta externa, veio do céu o *flash* de um raio seguido pelo ribombo do trovão, e isso coincidiu com um grito de Bárbara, que se encolheu no sofá.
Parece que nessa hora Jaqueline se lembrou das lições de vovó (aquela conversa de que não se deve estressar a criatura do *poltergeist*) e corajosamente se aproximou dela.
— Sossega, Babi, calma. — Deu-lhe um abraço. — É só a chuva, você tem de ficar calma. Feche os olhos, respire fundo...
Por uns instantes o acalanto pareceu funcionar. Enquanto a chuva despencava em aguaceiro, os objetos permaneceram imóveis. Mas só por um instante: um espelho de mão saiu do banheiro e passou voando rente ao nariz da minha irmã.
Magali:
— Meu Deus, nunca na vida pensei que ia ver isso! *Poltergeist* mais doido.
Lucas se abaixou na hora certa: por um triz uma caneta voadora não se cravou em seu pescoço.
Babi mantinha os olhos bem fechados, o corpo todo tremendo, o cabelão sobre a cara. Jackie tentava abraçá-la, trêmula também.
O surto todo durou uns cinco minutos. Quando os objetos pararam, continuamos incrédulos, imóveis, cada um num canto, olhando para todo lado, sem saber o que fazer, apenas ouvindo a chuva que batia no telhado num ritmo feroz de dança caribenha, sem sinal de diminuir.
Vovó chegou tão injuriada com a chuva, com a lama, com os pacotes se desfazendo, que não levou a sério as nossas preocupações.
— *Poltergeist*? Agora? Da Babi? Mas como...? O quê...?

Foi preciso que o pacote de macarrão voasse de sua mão para ela perceber que havia algo anormal acontecendo.

— Não sou eu, dona Magdalena. Tenho certeza de que não sou eu! — afirmou Babi.

Vovó mal a ouviu, começou a fazer ponderações *sobre* Bárbara, e não *para* ela.

— *Poltergeist*, fenômeno elétrico ou neurológico associado às manifestações mentais de um adolescente. Pensei que o jovem em questão demonstrasse algum tipo de transe ou dissociação, mas Bárbara age e se expressa logicamente...

— NÃO SOU EU! — Bárbara entrava em desespero. — O que eu preciso fazer pra vocês acreditarem em mim? NÃO SOU EU!

Ora, ora, ora... Eles podiam negar, mas *eu* acreditava nela. Não "vi" a luminescência de um dedo transparente apertar o botão da TV? E o susto de todos, com o som alto e a voz do locutor: "Na região Sudeste, o tempo permanece nublado com pancadas ocasionais de chuva".

Uma dessas "pancadas ocasionais" mostrou mesmo sua força no telhado, os pingos pareciam pequenas bolas de chumbo, e veio novo trovão. Babi se encolheu em posição fetal, rosto enfiado entre os joelhos.

"Medo, ela tem medo", pensei. "Como ela tem medo, agora!"

— Bárbara, querida! Você não pode se estressar! — vovó mais ordenou do que sugeriu.

Mas como seguir um conselho desses? Como "diminuir o estresse" se ela sentia dedos invisíveis trançando seu cabelo, se jogava o corpo pra frente, morbidamente assustada com a possibilidade de aqueles dedos também tocarem a sua pele?

Foi preciso que ela apagasse, que ela soltasse um gemido débil e desmaiasse, para que a manifestação afinal desse uma trégua, e para que cada um de nós pudesse refletir sobre o acontecido.

— E agora? — perguntou Lucas.
— Alguma sugestão? — vovó devolveu a pergunta.

Movemos o rosto, negando. E devagar nos viramos para Bárbara. Desde que seu apagamento evoluíra para um sono profundo, nenhum novo fenômeno ocorrera, reforçando a tese *poltergeist* de ela mover objetos.

— Tentei falar com os pais da Babi, mas o celular continua fora de área — disse vovó.

— E vai dizer o que pra eles, vó? — Magali ironizou. — Parabéns, vocês não precisam mais se preocupar com mudança! Basta sua filha ter outro ataque que ela tira toda a casa do lugar?

— Não seja idiota, Magali! — reclamou Jackie — Será que você não percebe que o caso é sério?

— Será mesmo? Até agora ela não fez nada de perigoso. Se fosse comigo, ia achar o máximo ter esse dom!

— Mas com ela parece que não é assim — disse Lucas. — Se isso é um dom, se isso é... é extraordinário, por que ela não está feliz? Ela parece que está, não sei. Está...

"Está com medo, Lucas", completei a ideia em pensamento. E sorri. "Está com medo porque sabe *de onde* está vindo esse dom."

Eu também sabia e tentei captar a sua presença. Nenhum vestígio de luz ou movimento. Por quê? Será que *ele* também dependia de Bárbara para aparecer? E por um instante a onda de rancor estourou em meu peito: "Sempre vai ser ela, vai sempre depender dela!".

E ela acordou.

— Querida, como você está?

— Acho que estou bem...

— Lembra do que aconteceu, do que você fez?

Babi suspirou resignada e respondeu devagar para minha prima:

— Não acredito que sou eu quem faz essas coisas... Não parece que isso vem de mim, entendem? Não quero que nada saia voando, não gosto disso, tenho medo.

Como foi bom ouvir essas palavras da sua boca, expressadas tão claramente!

Talvez por causa disso — dessa declaração, dessa *capitulação* de Bárbara — os fenômenos cessaram pelo restante da manhã.

Mas a chuva, não. Podia diminuir de intensidade em alguns momentos, mas permaneceu incômoda demais para que nos aventurássemos além-casa.

O que fizemos? Como prisioneiros matam o tempo? Vovó lia e pesquisava, separando seus livros; às vezes nos trazia algum trecho sobre parapsicologia e dividia conosco um palavreado que mais confundia do que aclarava o assunto. Magali e Jaqueline começaram uma longa partida de baralho, Lucas se fez de enfermeiro e namorado e segurava a mão de Babi, os dois juntinhos no sofá, vendo TV em volume baixo.

Eu fiscalizava, conferia se tudo corria bem, se o clima permanecia tenso o suficiente para algum retorno extraordinário.

Quem extraordinariamente teve uma ideia foi vovó. No começo da tarde, depois que fizemos um almoço de restos (com o pouco apetite de Babi e Lucas, ainda houve sobras dos restos), ela bateu a mão na testa e gritou:

— Vitória! Por que não pensei nela antes?

— Uma vitória, vó? De que jeito? — confundiu-se Magali.

— Não é *uma*, querida, é *a* Vitória! Ou melhor, a psiquiatra Maria Vitória Campos Toledo Chagas, a minha orientanda! Além das pesquisas sobre o luto, para a sua tese, ela escreveu inúmeros artigos universitários sobre paranormalidade. Se existe alguém que sabe um bocado sobre *poltergeist* e outros fenômenos psíquicos é ela!

Imediatamente vovó pegou o celular e fez uma ligação. Nesse momento ouvimos um trovão, indicando que as piores nuvens logo se aproximariam de nós.

Ficamos na mesa, pratos abandonados diante de cada um, enquanto vovó ia e voltava pela casa, aos gritos com o aparelho, a ligação falhando a todo momento. Precisou dos celulares de Babi e de Magali para narrar, mais ou menos, as nossas desventuras para sua colega e, quando até os meus créditos se esgotavam, teve o bom-senso de tentar outra estratégia.

— Vou até a *lan house*. — Vovó agarrou a capa de chuva e as chaves do carro. — Quem sabe o computador da vilinha funciona? A Vitória está me esperando no seu computador e a gente conversa melhor via internet.

— E a gente, vó? — perguntou Jaqueline, nervosa. — E se a Babi tiver *aquilo* de novo?

Mais do que nunca, vovó se mostrou doutora Magdalena, cientista arrojada. Estancou no meio da sala, as chaves tilintando na mão, a bolsa molhada a tiracolo, o olhar ligeiro de um a outro, decidindo. Enfim, afastou o cabelão grisalho, sintetizou as variáveis e optou por uma hipótese.

— Se a Bárbara vier comigo, pode manifestar uma atividade *poltergeist* do mesmo jeito. Algumas teorias associam o fenômeno à criatura, e não ao local. Além disso, a sua presença pode me atrapalhar. Bem, se ela ficar aqui e manifestar o poder? Vocês já conhecem os efeitos. Protejam-se, tentem acalmá-la, esperem.

— Vó! Mas a gente não devia, sei lá... — Lucas teve a ideia. — E se a gente levar a Babi até o posto médico?

Vovó ponderou também essa possibilidade por uns cinco segundos, antes de descartar a sugestão.

— Confio mais nos estudos paranormais de Vitória. Não creio que o *poltergeist* seja um caso médico para ser tratado com remédios.

Mas foi. Por mais que vovó desconfiasse desse recurso, a solução apresentada, pelo menos naquele dia, foi apelar para remédios convencionais, e não sobrenaturais.

O que dizer daquele tempo de espera? Afirmo que, se o medo tem cheiro, a casa ficou olfativamente comprometida (só para usar termos magdalianos) pela hora seguinte! Porém havia mais coisas no ar. Nosso silêncio e a chuva constante magnetizavam o clima com outras sensações, coisas ruins, que cresciam no peito de cada um: rancor, impotência, raiva, acusação.

Depois que Lucas perguntou pela quinta vez se Bárbara estava bem, Magali explodiu:

— Cara, você é burro ou o quê? Se ela *não* estivesse bem, a louça voava sobre a sua cabeça!

— Você é... — Ele se irritou, levantou do sofá que dividia com Bárbara, andou na direção de Magali. — Você consegue ser tão... — Procurou a palavra, olhou em volta, me apontou. — Tão cruel como a sua irmã!

— Eu? — Fingi inocência. — Mas não fiz nada! Só estou aqui quietinha.
— Por isso mesmo! — gritou Lucas. — Não tem piedade, não tem consideração pela Babi. Foi você, você e a sua irmã, tá? Vocês com aquela palhaçada de tabuleiro Ouija é que começaram tudo isso! A gente nem queria falar com espíritos, vocês nos enganaram... Nem contaram pra mim e pra Jackie que era uma brincadeira, deixaram todo mundo acreditar no tal Renato e aí a Babi ficou impressionada e...
— Parem com isso... — Babi murmurou.
Sorri por dentro, ao perceber traços de uma boca invisível roçarem na orelha de Bárbara. Pelo visto a entidade se revigorava com nosso bate-boca. Não eram unhas transparentes que tocavam no seu queixo? Tirei os olhos dela e ataquei meu primo, "indignada":
— Se essa sua amiga é aberração de circo, é problema de vocês! Vovó já disse que não tem fantasma, que isso é coisa da cabeça dela! Se não acontecesse aqui com a gente, acabava acontecendo em outro dia, com outra pessoa!
— Por favor... — outro murmúrio.
Babi tinha os lábios muito trêmulos e azulados, mas sua aparência não impediu novos ataques de Magali contra Lucas. Parecia que apenas eu percebia o que realmente ia na sua alma... ou o que se movia sobre seu rosto.
Nesse momento ouvimos o carro na garagem e cada um foi para um canto. Vovó retornou tão satisfeita quanto ensopada.
— Consegui acertar com ela! A Vitória virá pessoalmente, amanhã estará aqui. Está ansiosa em analisar este caso.
— *Caso*, vó? — Lucas se decepcionou. — *Amanhã?* E como fica a Babi até amanhã?
— Ela ficará bem. — Vovó revirou a bolsa, puxou uma cartela de sedativo tarja preta. — Vai tomar dois comprimidos e dormir até a chegada da Vitória.
Vitoriosa estava ela, vovó, ao contar sua aventura: a *lan house* funcionava, ela e a psiquiatra conversaram pela internet. Decidiram que o melhor diagnóstico era fazer a vítima de *poltergeist* dormir o maior tempo possível. A orientanda enviou por fax uma receita de psicotrópico. Ao lado da *lan house* havia uma farmácia, vovó ainda teve de convencer o farmacêutico a aceitar a cópia da receita, houve aqui e ali uns "Sabe com quem

está falando?" e um desfilar de títulos universitários, mas tudo certo. O homem vendeu uma cartela que daria para adormecer um cavalo em vez de uma "mocinha estressada".

Fizemos a tal "mocinha estressada" tomar um banho quente. Magali preparou um chá, Lucas trocou a roupa de cama do beliche, Jaqueline emprestou para Babi uma camisola limpa, vovó ofereceu a xícara e as pílulas.

— Tome, querida, é para o seu bem.
— A senhora acha mesmo? — perguntou Babi, um fio de voz.
— Confie em mim.

Mal cabíamos todos no quartinho, testemunhas de que Babi ingeria mesmo os dois comprimidos. Jackie ainda manteve uma conversa normal com ela, zanzamos por ali até termos certeza de que o remédio fizera efeito. Bárbara apagou.

Vovó puxou uma manta sobre ela, "Vamos deixar a coitadinha descansar", e fechou a porta do quarto. Disse "Agora sim, tudo ficará bem", sorriu para todos, "Creio que Vitória deve chegar para o almoço amanhã", olhou no relógio da sala (depois de ter girado loucamente na "sessão *poltergeist*", ele voltara a funcionar sem problemas) e concluiu, triunfante:

— Vai dar tempo até de eu ir ao bingo esta noite!

CAPÍTULO 13

SURPRESA? ESTUPEFAÇÃO? INDIGNAÇÃO, RAIVA? O que se pode dizer da atitude de vovó? Que era leviana a ponto de creditar a "coisas adolescentes" tudo o que acontecera até aquele momento? Que era uma viciada, largando-nos em meio à crise só para satisfazer sua compulsão pelo jogo?

Ou — e como prefiro essa opção! — supor que vovó também se deixara contagiar pela casa? Que as mesmas forças extraordinárias agiam sobre a sua vontade e, superando qualquer lógica, a conduziam para o bingo e para a quermesse, propositadamente nos deixando sozinhos?

Façam seu jogo, senhores! Escolham a opção que quiserem; a realidade é que *vovó foi naquela noite à quermesse participar do bingo comemorativo.*

Jaqueline:
— Não acredito, vó! Com essa chuva absurda!

Lucas:
— E a Bárbara? Se ela passar mal, o que a gente faz?

Magali:
— E se ela tiver *poltergeist* mesmo dormindo e botar fogo na casa?

Vovó:
— Chuva, que chuva? Já me molhei tanto mesmo, mais um pouco não faz mal. A Babi não vai acordar, é um sedativo muito testado, com dosagem compatível a seu peso e idade. O *poltergeist* requer a consciência

da manifestante e em outros momentos de sono ou desmaio Bárbara não demonstrou qualquer fenomenologia.

Eu disse:

— Pode ir, vovó. Tenho certeza de que a Babi vai ficar protegida aqui com a gente.

E ela me ouviu. E ela foi.

Pena pena pena pena que ela me ouviu. *Pena pena pena* que ela foi.

Mas isso eu penso hoje. E questiono o passado: naquela noite, há seis anos, se havia um sentimento de resignação diante do destino, não poderia haver também o livre-arbítrio? A encruzilhada: e se eu convencesse vovó a não sair? E se Lucas assumisse o meu lugar no beliche e me forçasse a ficar em seu quarto? E se as meninas fizessem uma vigília acirrada sobre Bárbara e realmente lhe dessem proteção?

Se outros caminhos tivessem sido trilhados, será que o enredo de nossa história não teria outro desfecho? Então, quem sabe hoje não precisaria amargar a culpa, roer o remorso feito um osso, rever detalhe a detalhe de cada atitude ruim, de cada decisão.

Ah, mas o destino é um caminho sem volta! Fazer o quê? Só resta lembrar. O máximo que posso fazer é repensar toda a história... e torcer, muito, sempre, para ser perdoada.

Pelo que fiz e pelo que talvez tenha deixado de fazer.

Parece que o sono de Bárbara contagiou todos nós. Prefiro crer que de maneira natural, apesar de vovó constatar, no dia seguinte, a falta de três comprimidos na cartela tarja preta.

Não fui eu, juro! Pelo menos não foi uma Magda consciente de seus atos que drogou o refrigerante, porque também tive sono! Também apaguei junto com os outros, ainda espalhados nos sofás da sala, a TV ligada com o som mal e mal perceptível por causa da feroz pancadaria das gotas no teto da casa.

Quanto tempo dormi? Creio que poucas horas, o filme anunciado na TV para a meia-noite ainda nem começara. Acordei com algum ruído? Ou minha obrigação era estar atenta e ser testemunha?

Atordoada (pelo sono, pela droga?), demorei a entender que o ruído não vinha nem da TV nem de fora (o fim da tempestade, será?). Concentrei-me na tela, as imagens corriam sem que se ouvisse a voz dos atores. Mas e o som? De onde vinha aquele murmúrio constante? Prestei atenção nas palavras, porque *eram palavras*! E estavam em toda parte. Diria que flutuavam no ar, envolviam a mim e a meus parentes adormecidos, sibilavam em cantiga hipnótica. E aqui e ali comecei a compreender o que era.

"*Eu-sou-nu-vem-pas-sa-gei-ra*"... A frase se esticava no ar... "*Eles-na-da-sa-bem-da-dor*"... "*Vai-mor-rer-so-zi-nho*"... Eram as frases da edícula! Era a pregação do... de quem? Meu companheiro de quarto? Do falecido? Do seu fantasma? E com quem ele falava, com todos nós?

O sussurro da pregação ficou mais intenso: "*É ho-ra-de-a-gir*"... "*Ar-re-pen-der-se-dos-pe-ca-dos*"... "*Lar-guem-dos-seus-bu-ra-cos-no-jen-tos-no-chão-ban-do-de-ca-na-lhas-su-jos-i-mun-dos-hor-ren-dos*"... "*Vão-ar-der-no-in-fer-no*"...

Acima daquele sibilo maldoso, comecei a ouvir os gemidos. Vinham do quarto.

— Não, por favor... Não quero ir, não! — Era a voz de Bárbara.

"Bárbara", pensei. "Ele está falando com ela." E a vi: vestida com a camisola emprestada por Jackie, Babi apareceu na sala. Andava devagar e movia os braços para cima, como se afastasse um ataque de objetos voadores em vez de palavras. Tinha os olhos bem abertos e, por um instante, fixou-os em mim, mas não me viu!

Sempre estapeando o ar e seus atacantes invisíveis, Bárbara tropeçou na mesinha de centro e se encolheu sobre o móvel. Ficou assim por alguns segundos. Subitamente, todo o seu corpo enrijeceu, a Babi-estátua esticou as mãos para a frente e se deixou envolver pelo som das palavras, das sugestões, das ordens.

Enxergava algo que só ela via. E falou com alguém que também era seu único interlocutor.

— Vai ser o alívio, não é? Vai colocar um fim nisso tudo... Acabar com o sofrimento.

E a pregação em sibilos: "*Fa-çam-al-gu-ma-cois-sa-que-pres-ta*"... "*A-gir-é-se-li-ber-tar*"...

Por longos minutos eu a vi assim, ouvindo... Estátua... E, de repente, tomou a mais assustadora atitude até aquele momento: *ela riu*.

Isso mesmo! Jogou todo o cabelo pra frente, liberta da imobilidade do transe e riu! Riso de alívio. Parecia tão satisfeita com a vida!
— É isso! — Gargalhou. — É isso que tenho de fazer! Claro que eu vou!
Com rapidez inesperada, deu um pulo do centro da sala até a porta da varanda, que começou a socar, decidida mesmo a sair.
E eu? Como me senti, testemunha solitária de tudo aquilo, do sono incomum, da pregação fantasmagórica, da sedução insidiosa sobre os atos de Bárbara e a vitória em fazê-la acatar as ordens e partir?
Juro, juro por qualquer coisa do Céu ou da Terra que *não me senti bem*. Foi como se voltasse a ser eu mesma! Como se as vozes, ao atuarem para dominar Bárbara, me libertassem. Aquilo não precisava mais de mim! Desde a antevéspera, quando escolhi a edícula, de propósito ou sem querer, havia alimentado *aquilo* com meu rancor, minha estupidez... Mas agora eu era dispensável!
"Não, Babi! Não saia da casa! Não vá com ele!", quis gritar para ela, mas só consegui pensar.
Minha mente se aclarava e ficava assustadoramente lúcida, mas o corpo agia ao contrário, virava pedra. Por mais força que colocasse nos membros, os braços pendiam imóveis ao lado do sofá, as pernas grudavam no chão.
Não queria saber daquilo, não queria mais participar! Era mau, era perigoso... Tentei de novo gritar seu nome, mas a língua dentro da boca também se revelava inerte. Desespero! Torci dedos que não se mexiam, estiquei braços que permaneciam rígidos... Era como se fios finíssimos de metal me costurassem o corpo, fixando-o na imobilidade.
Vi Bárbara esmurrar com persistência a porta de vidro e, por fim, ela (ou o que agia junto com ela) lembrou-se da inutilidade da ação, pois vovó levara aquela chave. Restava a porta da cozinha, e ela passou por mim, os olhos vazios, olhando sem ver, e sua passagem me deu um calafrio, uma premonição, uma *sombra*.
"Ela vai se matar", intuí. "É isso que decidiu, é isso que aquela *coisa* deseja!"
Provavelmente a *coisa* saiu da sala junto com Babi e arrefeceu o domínio sobre meu corpo, porque consegui algum movimento com as pontas dos dedos e dos pés. Senti na pele uma rajada de ar; provavelmente a porta da cozinha fora aberta. "O que ela vai fazer? Idiota, vai correr aí

pela noite, feito bicho sendo...", brequei a ideia, assustada demais diante da descoberta, "... caçado? Uma presa?".
— O pesadelo! — consegui gritar. — A caçada! É isso!
Ao recuperar a fala também ganhei mobilidade. Escorreguei do sofá, dei uns passos bêbados pela sala, murmurando:
— Não faça isso, Babi, não quero que você se mate... Você é burra e chata, mas não é motivo pra morrer!
Aos tropeços cheguei à cozinha, porta escancarada, seu vulto próximo à garagem.
— Ela saiu, e agora? Será que é tarde para...
Seria mesmo? Não, não iria desistir. Não importava o quanto o destino já traçara seus fios, eu tentaria desfazer o bordado. Estapeei meus braços com força, forcei os pés a andar em linha reta, tentava correr e gritava:
— Bárbara! Não vá!
Ela já abria a porta da garagem e, se me ouviu, não deu a menor atenção. Corri para a frente do portão e ergui os braços, disposta a impedi-la. Babi pedalava a bicicleta e jogou-a para cima de mim (na verdade, nem sei se me viu!); precisei sair da frente.
— Babiiiiiiiiiiiiiiiiiii! Não vááááááááá! — berrei até a garganta raspar e doer.
Enquanto pude, corri atrás dela. Depois, me arrastei. O fôlego curto me fazia respirar em golfadas fundas e doloridas.
Mas não pretendia desistir. Acelerei o passo e prossegui. De repente, constatei que via muito bem o caminho! Ergui os olhos para o céu e me deslumbrei com uma lua magnífica, surpreendentemente clara e redonda, prateando umas linhas de nuvens que mal e mal a encobriam. Nem sinal da tempestade anterior. "Quem diria que a gente teve um dia de cão!", pensei. "E uma noite diabólica e uma madrugada... que vai ser de quê?" Engoli em seco, enfiei a ideia o mais fundo na mente. "De morte?"
Bárbara alcançou a pista. Parou ainda um instante no meio-fio, olhou de lado a outro. Aumentei meu ritmo mesmo que não tivesse chance de alcançá-la. Ela virou para direita, rumo ao morro, rumo ao cemitério e à praia dos quilombolas.
Quando cheguei à beira da estrada, vi que a ciclista era um ponto na pista, tão deserta que ela podia, soberana, ziguezaguear no meio do asfalto.

Então vi os faróis ao longe. A bicicleta cruzou com o carro em sentido contrário e continuou. "O carro está vindo", pensei. "Se ele parar, se ajudar. Oh, Deus! Quem sabe ainda seja possível salvar a Bárbara."
Parei no meio da estrada, gesticulei.
— Ei, aqui! Por favor, pare! Pare aqui!
Graças! O carro diminuiu a velocidade, corri para perto. Baixaram o vidro, surgiu o rosto do motorista.
— Magda! O que aconteceu? — vovó perguntou.
Respirando aos bocados e com dificuldade, pedi:
— Abra a porta, vó, eu conto no caminho. A gente precisa ir atrás da Bárbara.

CAPÍTULO 14

POR QUE VOVÓ DIRIGIU TÃO DEVAGAR? Manobrou no meio da pista, *deu seta*! Como se fosse passeio, dia normal! E perguntava, por que perguntava tanto? Desconfiava de mim, *não acreditava* em mim? Ainda arriscava hipóteses sobre a fuga impossível de Bárbara! Era *cega*, para não enxergar a bicicleta ali adiante, o zigue-zague feliz daquela louca na estrada?
— Vó, mais depressa, por favor...
— Seus primos não acordaram? Como assim, não acordaram? Quem devia dormir era a Bárbara! Como ela saiu?
— Vó, acelera esse carro, vó!
— Alguém que manifesta *poltergeist* deve ter resistência maior a psicotrópicos. Tenho que comentar isso com a Vitória.
Meu Deus, ela ainda falava em Vitória. Ela ainda acreditava em *poltergeist*. Eu quase gemia de ansiedade. Prendia as coxas, com vontade de urinar, o suor grudento na testa, os dedos dormentes... Por sorte, o luar iluminava a ciclista. Por sorte, sabia para onde ela ia.
— E agora? — Vovó parou indecisa quando não viu mais a bicicleta.
— Ela subiu a estradinha, vó.
— Aquele caminho? Mas o que ela vai fazer ali? Para onde...
— PRO CEMITÉRIO, vó! Ela vai pro cemitério!
— A culpa! — Vovó colocou marcha errada, o carro morreu, ela tornou a girar a chave. — É isso, o inconsciente da menina ainda se sente culpado pelo furto da estatuazinha e...

Gritei, desesperei de vez:

— Não tem essa droga de *poltergeist*, não tem porcaria nenhuma disso! É o fantasma, vó! E-ele... — gaguejava, lágrima quente escorrendo na cara. — O fan-tasma... E-ele quer que-que e-la se ma-te... E EU SOU A CULPADA, VÓ!

E desta vez vovó se calou. Desta vez ela prestou atenção mais em mim que nos buracos da estrada.

E eu contei (*como contei?*) tudo. Não me lembro das palavras, lembro do jorro, do fluxo incoerente da história: de como vi o fantasma mexendo nas coisas e apavorando Bárbara; de como ele me surgiu na edícula; dos escritos nas paredes; de como as mesmas frases viraram um mantra que despertou Bárbara e me pregou no sofá. Tudo aquilo saiu em meio ao choro — choro, não! —, em meio ao lamento, ao grito, ao uivo, vindo de mim, *pobre de mim*, tomada pelo medo, pela culpa, pelo remorso.

— A gen-te te-tem de-de salvar ela, vó! — gaguejei uma última vez.

— O cemitério fica ali — apontou.

Enquanto vovó estacionava, vimos o luar bater em cheio no portão azul, no muro claro... e numa bicicleta jogada sobre a areia.

Bárbara já estava lá dentro.

— Como é que ela entrou? Tem cadeado no portão.

— Ela pulou o muro, vó.

Vovó chacoalhou o ferrolho, moveu o rosto em negativa.

— E agora? Como vamos entrar? Será que tem um caseiro? O coveiro deve ter a chave... Naquela casinha, será? E se eu...

Eram dúvidas demais, era espera demais. Meti um pé entre as traves do portão.

— Vou atrás dela, vó.

E pulei o muro.

Do lado de dentro, afinal, me bateu alguma consciência. Oh, Deus... Por mais agoniada que estivesse, por mais desesperada, quando toquei os pés no chão percebi o que fazia... e onde estava! Poxa, era *de noite... cemitério... sozinha...*

"Antes fosse", pensei. "Antes estivesse sozinha!" Não tinha a companhia de Bárbara, daquela doida, possuída, suicida? O que ela pretendia fazer?

Dançar? Parecia incrível, mas não vi, sob a claridade do luar, o reflexo de um pano branco, a camisola da Jackie, rebolando entre os túmulos? Como parar uma lunática daquelas, feliz em seguir o quê, a voz? Para onde, para a morte?

— Babiiiiiiiiiiiiiiiii! Estou aquiiiiiiiiiiiii, Babiiiiiiiiiiiiiiii!

Como meu grito soou estranho num lugar daqueles! Pareceu errado, quase obsceno "interromper o silêncio dos mortos", pensei.

Essa ideia atraiu o azar. Tropecei feio numa pedra, coloquei os braços adiante, mas escorreguei morro abaixo. Meus cotovelos se arranharam no mato. Tentei gritar, *foi pior*: entrou terra e grama na minha boca. Nojo, era "terra de cemitério", pensei. "Meu Deus, me ajude, me pare", e realmente parei. Firmei as mãos num cotoco de pau que depois se revelou uma tosca cruz de madeira.

Enquanto lutava por mim mesma, perdi Bárbara de vista. Demorei o que pareceu um século para sentar, cuspir, avaliar os arranhões doloridos, respirar fundo, deixar a cabeça serenar. "E agora?"

O cemitério não era muito grande, mas ficava num declive irregular, árvores miradas entre cruzes baixinhas, tudo formando sombras, contornos vagos, ilusórios. "Onde ela está? Onde aquela doida foi parar?"

Levantei devagar, ergui o rosto e vislumbrei o objeto mais alvo em destaque, obelisco arredondado indicando o céu, e *lembrei!* Por que não pensara nisso antes? A prancha de surfe!

Ficava quase na ponta do campo-santo, já no limite entre o cemitério e o precipício. Era uma baixada de capoeira, de mato rasteiro que descia a encosta até dar em pedras pouco visíveis, onde as ondas quebravam, espumando. Lembrava da paisagem, de nossa visita anterior: o túmulo do surfista.

— Babi — mais falei comigo do que chamei por ela —, eu vou te salvar, Babi!

Uma nuvem cobriu a lua e meus olhos demoraram a se acostumar. Precavida, desta vez firmava o pé passo a passo antes de seguir adiante. No escuro, prestei maior atenção nos sons, mas eram apenas ruídos da noite: uma brisa leve, folhas raspando em galhos, coaxo distante... e uma risada.

Isso, uma risada leve e feminina que prosseguiu em conversa animada.

— Gosto... de você... — Identifiquei, entre outras coisas.

Segui a direção da voz. E quando a nuvem se afastou da lua, finalmente a encontrei.

Bárbara estava sentada no azulejo do túmulo, a camisola pudicamente cobrindo os joelhos, o cabelão todo do lado do rosto, costas muito retas. "Educada" feito uma visita, as mãos sobre o colo, um rosto radiante de quem encontra a pessoa amada, há muito distante. Olhei a cena. E olhei mais.

E voltou. Voltou tudo. A fúria bateu feito um raio, feito faca se enterrando no meu peito. *Como assim?* Eu, com remorso... eu, com pena... eu, com medo de que ela se matasse... correndo até aqui, me machucando, engolindo terra de cemitério! (Senti dó de mim mesma e meus olhos se encheram de lágrimas.) Para quê? Para ver a *coitada* da Bárbara apaixonada! Em um encontro com o surfista! "Vagabunda", pensei. E sibilei, a voz grossa com o rancor:

— Queria que você morresse!

Foi o meu desejo? Será que, feito magia em conto de fadas, descobri um gênio pérfido que revelou o "eu lhe concedo três desejos" e que concretizaria a minha vontade? Porque foi dizer o que queria que a bela cena de namoro mudou.

Babi deu um salto, cobriu o rosto com as mãos. "Não!", ela gritou. "Não!", e se encolheu em si mesma, como se algo mau a acertasse no estômago.

Sorri. Estupidamente sorri. E falei ainda:

— Isso! Quero que você sofra.

E *ele* apareceu.

De início, vi apenas um contorno esbranquiçado, como um rascunho de desenho. Devagar, identifiquei um traço de boca fina, narinas, fiapos de barbicha... tudo se formando no ar! Uma figura que pairava bem diante de Bárbara, ainda encolhida, a cara enfiada entre as pernas, apavorada demais para erguer o rosto.

Aquilo parecia ganhar força antes de formar um ataque. Quantos minutos ficou assim, flutuando sobre ela? Um tempo que me pareceu longo demais, não aguentei a espera.

— Vai! Ataque, bote medo! Não é pra isso que eu te chamei aqui?

Então ele se virou para mim...

E foi nesse momento que surgiu outra luz, de início longínqua e redonda, no céu mais alto. Não era a lua, mas brilhava do mesmo jeito, prateada e...

Rápida! Foi o tempo de reparar na luz e vê-la já ali, encostando em Bárbara. Ela levantou o rosto e sorriu. "Você! Você veio!" E tudo aconteceu.

Não sei como colocar em palavras o que testemunhei, como descrever o que realmente vi. Foi o quê? Uma luta? Sim, mas não com as armas que algum mortal pudesse usar. Um desafio? Sim, porém não constituído de gestos ou palavras, não expressos por bocas ou mãos!

Foi um embate entre criaturas feitas de luz, de matéria inatural, de ruídos que nossos ouvidos são incapazes de captar. Mas foi uma luta — *ah, se foi!* — entre um rosto esboçado em prata e um surfista do outro mundo. Porque *era, sim*, um surfista a figura que veio rasgando o céu, *era, sim*, um garoto montado numa prancha que eu vi, e que deveria ser tão apegado ao objeto que os dois viravam uma coisa só, centauro e cavalo, menino e prancha, mas sem que realmente houvesse menino ou que houvesse prancha.

Presenciei aquele rosto-silhueta ser desfeito no ar quando o surfista atacou, passou dentro dele, *zuuuux*, fez um som sibilado e saiu do outro "lado". Mas foi coisa de um segundo para o rosto se recompor, a máscara de indignação e raiva, uma boca se arregalando até que todo o ser virasse boca e tentasse engolir o surfista.

A boca fez um ataque no vazio, porque a prancha embicou para o céu como flecha mirando a lua, subiu num instante e desceu no outro, mergulhou dentro da boca e de novo desfez seu contorno, que se esfarelou em milhares de luzinhas porosas, pirilampos sobrenaturais.

E aquele "pó de fantasma" (é uma descrição tão boa como qualquer uma que se use para o indescritível) se pôs a rodear Bárbara, girar em volta dela, e isso realmente não devia ser bom, pois Babi segurou a garganta, os olhos arregalados. "Vai sofrer? Vai morrer?", pensei, mas pensamento vazio de emoção, eu não sabia mais se me alegrava com o mal ou se temia por seu desfecho.

De alguma forma intuí que o ataque a Bárbara foi um golpe baixo do *meu* espectro (definição inexata, mas a única que me ocorreu), porque o surfista pareceu furioso. Relutou um instante e depois começou a voar em torno de Babi com a velocidade de um rodamoinho, fazendo-a girar junto com as partículas de fantasma, e foi tudo girando e girando. Via o

rosto arregalado de Babi, as luzes em torno dela, *flashes* da prancha, do cabelo prateado do surfista, seus braços pegando impulso — um caleidoscópio! Tudo a rodar, a rodar, a rodar...

Parece que funcionou. Os fragmentos sobrenaturais pareciam zonzos, afastaram-se de Bárbara, foram caindo no chão do cemitério, piscando na terra como vaga-lumes exaustos, piscando cada vez mais fracamente... Então o surfista usou a prancha como um ferro de passar: alisava o chão e enfiava as gotas mais e mais no fundo, fazendo com que ficassem mais fracas e menos brilhantes. Fez isso dezenas de vezes, sempre muito rápido, guerreiro decidido, feroz.

E o brilho da terra cessou. E a prancha ainda pairou no terreno por alguns instantes, saboreando a vitória. E eu permanecia estarrecida demais para piscar, com medo de perder algum detalhe do fenômeno mais absurdo. E Babi permanecia de pé, respirando em pequenas golfadas. E o surfista então se virou para ela.

Gentilmente, o menino-e-prancha aproximou-se de Babi, uma luz alongada estacionou próximo ao rosto dela. Se ele falou alguma coisa, não ouvi. Via Bárbara de olhos imensos e iluminados pela figura prateada. Um rosto se destacou, contorno mais nítido, com expressão bonita e jovem.

E nessa hora escutei:

— Meninas! Onde vocês estão?

Babi também ouviu, se assustou. O surfista foi ligeiro: aproximou mais o rosto, seus lábios de luz depressa tocaram a boca dela e eles se beijaram.

Então o surfista partiu. Bárbara despencou no chão, desmaiada. Vovó e um homenzinho assustado começaram a descer o declive.

— Você está bem? — Vovó me alcançou. — E a Bárbara?

Trêmula, apontei para seu corpo caído. Vovó e seu acompanhante correram até ela, vi quando levantaram sua cabeça. Não me aproximei. Permaneci imóvel, olhando...

O homem ajudou Bárbara a sentar. Ela moveu os braços, suspirou.

Vi o gesto de positivo de vovó. E vi mais. Vi a alegria em seu rosto, ouvi sua voz.

— Graças a Deus! Tudo está bem quando acaba bem.

"Não, vovó", pensei. "Ainda não acabou. E não sei se tudo acabará bem." Porque começava a ver e a ouvir bem mais do que deveria.

CAPÍTULO 15

DE CERTA FORMA, VOVÓ TINHA RAZÃO: tudo estava bem porque acabou bem. Isso não é verdade? Achamos Bárbara antes que ela aprontasse alguma no cemitério, o fantasma do surfista surgiu dos céus e a resgatou das forças sobrenaturais, o mal foi enviado para as profundezas, voltamos para casa sãs e salvas, meus primos já estavam despertos de seu estranho sono e nos aguardavam ansiosos por novidades. Bastaria lhes contar essas últimas peripécias e pronto! Teríamos um final feliz.

Será?

Por que então desde o começo digo que coisas estranhas aconteceram? Por que falo de medo, arrependimento, destino e livre-arbítrio? Por que me propus a ser absolutamente sincera sobre os fatos, mesmo que reconheça a minha maldade, a minha inveja, a minha culpa diante de coisas tão sérias? Se tudo terminou bem, então essas colocações são bem exageradas, não é mesmo?

É que a história não acabou *ainda*. Tudo estava bem até aquela madrugada. Depois...

Vovó mal segurava a ansiedade para encontrar a tal Vitória e contagiou todo mundo durante a manhã. Comentava da invasão do cemitério, de como eu pulei o muro, de como ela acordou o coveiro e como nos localizaram diante do túmulo do surfista. Então tecia uma tese paranormal sobre o caso para logo em seguida desistir da ideia, excitada demais para dormir e falante demais para deixar os outros relaxarem.

Camélia chegou pelas oito horas e trouxe um pouco de ordem cotidiana, buscando o pão e colocando uma farta mesa de café da manhã. Ficou espantadíssima ao saber que eu dormira sozinha na edícula, mas não me entregou a respeito da chave, talvez se sentindo parcialmente responsável por aquilo, por sua história do Quinzinho que "tanto impressionou a menina".

Foi uma manhã em que muito pouco se fez além de conversarmos sobre o assunto. Da mesa do café para a sala, da conferência das minúcias da véspera para um inesperado telefonema dos pais de Bárbara. Eles afinal pegaram os recados no celular e mostravam preocupação. Vovó também precisou falar com eles para lhes garantir que "a saúde da Bárbara estava ótima" e resumir os acontecimentos assombrosos. Assumiu que "houve algum possível risco", mas que agora "tudo indicava um futuro promissor" para os possíveis dons paranormais da filha deles.

Creio que deve ser bem assustador para pais viajantes ouvir coisas desse tipo, mas vovó parecia tão segura que por fim os convenceu a não anteciparem o retorno por um motivo *"poltergeistiano"*.

— Você viu mesmo o surfista? — Magali me perguntou.
— Vi muita coisa — respondi.
— De verdade mesmo? A Babi não está inventando, então?

Só movi o rosto confirmando e me calei. Magali ainda me rondou um instante, depois meu silêncio a decepcionou e preferiu procurar a outra "testemunha" do sobrenatural, que estava bem mais falante e animada.

Realmente Bárbara era a "Rainha dos Espectros". Contava e recontava sobre a chegada do surfista do Além e como ele a salvara "do demônio" e detalhava o seu "beijo fantasmagórico" até deixar Lucas vermelho de ciúme. Bela e superficial como sempre, mas será que não era a sua futilidade que a tornava imune ao mal, às experiências mais funestas?

— Um beijo?! Como assim, você ganhou um beijo do fantasma? — Excitada, Jackie queria os detalhes. — E você sentiu, de verdade? Quer dizer, tinha boca? Você...

— Foi rápido, mas eu senti. — Babi sorria. — Juro que senti!
— Até que desmaiou. — Lucas cortou o barato. — Pelo que contaram, você caiu dura bem rapidinho... Sentiu o quê?

Ela provocava. Sentada bem grudadinha entre meus primos, no sofá estreito, apertava o braço de um e da outra e soltava um ronronar de gata.

— Eu senti. Senti mesmo. Um beijo. Especial.

Eu só olhava. Deveria invejá-la, como fiz durante aquelas três semanas? Não... Depois de tudo o que passamos no cemitério, não agourava mais Bárbara. Estava cansada demais. Amortecida demais. Só queria que tudo acabasse. Por favor, que acabasse.

Vitória chegou por volta do meio-dia e vovó mal a deixou descer do carro para atacá-la com o veredicto da nossa aventura.

— *Poltergeist*! As duas! A manifestação ocorreu com Bárbara *e* com minha neta Magda.

Vitória foi devagar descendo a mala, trancando o carro.

— Magdalena, se isso realmente aconteceu, é coisa de um caso em um milhão. Acho que só na Escócia, em 1878, teve algo assim, envolvendo mais de um adolescente em telecinesia e transporte de voz, e isso foi...

Vovó aguentou a história por algum tempo, movendo a cabeça em falsa concordância. Como eram diferentes! Enquanto vovó agia como verdadeira *doutora Magdalena*, mandona mulher de 80 quilos, de fala rápida e aguda, sua orientanda parecia ter a metade dela: miúda, de conversa e gestos lentos, tudo pontuado por pausas generosas e reflexivas.

Foi numa dessas pausas que vovó conseguiu brecha para prosseguir, impaciente:

— Conheço isso, Vitória. Conheço a sua tese de cor e salteado! Mas aqui tivemos outros resultados. Em minha opinião, sabe o que detonou o fenômeno?

Parou por um segundo e curtiu o efeito da expectativa.

— *Culpa!* As duas meninas se sentiram culpadas em relação ao furto de um santinho no cemitério. Bárbara furtou a estátua e a trouxe escondida para cá. Magda utilizou o objeto para causar medo na amiga. Sob a atmosfera mórbida, digamos assim, de um ritual mal conduzido com o tabuleiro Ouija, ambas começaram um processo inconsciente de culpa. Acreditaram piamente que estavam em débito com o mundo sobrenatural. Uma delas desenvolveu a habilidade de telecinesia e ficou tão impressionada com isso que acabou com enrijecimento muscular, um rigor catatônico impressionante. A outra, também sob influência de um antigo caso ocorrido na edícula, convenceu-se de manter contato com um fantasma.

Falava sobre nós como se não estivéssemos presentes, como se tudo aquilo se referisse a outras garotas, em outro tempo, em outro local — num castelo medieval, por exemplo —, e nos apontava como um cientista deve indicar aos pupilos o objeto de estudo sob um microscópio. Uma voz tão segura, uma pose tão vitoriosa!

E Vitória, por falar nisso? Como ela agia, ela que veio de longe para nos conhecer, para nos visitar (ou *estudar*, sob aquela lâmina microbiana)? Como ela se portava?

Menos soberba que vovó (afinal, a teoria era magdaliana), mas também cúmplice, atenta a detalhes (conseguiu miraculosamente interromper vovó duas vezes com substituições de termos técnicos), satisfeita em conhecer a nossa experiência, quem sabe nos compartilhar com o mundo acadêmico — *duas autênticas adolescentes-poltergeist manifestando-se num mesmo evento!* Quase podia ler através de seus olhos claros e das lentes dos seus óculos a antecipação do reconhecimento e da aceitação.

Ah, aquelas duas professoras, doutora e mestra, tão ambiciosas com suas perspectivas e tão satisfeitas com as hipóteses arrumadinhas para o caso! Tão contentes com o *happy end* de um evento incomum! Como se orgulhavam de si mesmas, como estavam felizes.

Coitadas. Não pude deixar de ter dó delas. *Muita dó* delas...

E claro. Muita, imensa tristeza e dor por mim mesma.

Porque, por mais que elas teorizassem sobre *poltergeist*... por mais que elas afirmassem que tudo era sugestão... por mais que elas completassem as lacunas uma da fala da outra e conduzissem suas hipóteses para explicações lógicas de fenômenos paranormais e, portanto, científicos... por mais que explicassem tudo pela razão e pela ciência...

Eu continuava vendo um fantasma.

No nono ano, tive um coleguinha nerd que colecionava histórias em quadrinhos importadas. Lembro de um dia em que ele levou sua coleção para a escola e exibiu umas HQs góticas, com desenhos muito doidos de personagens mais estranhos ainda. Numa dessas histórias havia sentimentos personificados como gente.

Lembro que Desespero era uma mulher feia, cujos olhos tinham pupilas negras, de brilho imóvel, e a boca eternamente parada num riso. Nada podia existir de mais medonho que aquele sorriso.

Tenho pensado muito naquela mulher: Desespero. E cada vez mais entendo o motivo de seu riso.

Que absurdo senso de humor pode haver no desespero! Quando todas as esperanças acabam e toda a lógica cai por terra igual a uma ponte que não tem pilastras, talvez só reste o sorriso... *Aquele* sorriso.

Creio que ria desse jeito, naquela manhã de sexta-feira, há longínquos seis anos. Que mórbido senso de humor espectral *ele* revelava! Enquanto vovó falava sobre "falsa crença de ver assombrações", eu via olhos flutuando no ar à altura de sua nuca. Quando disse "crenças e mitos que não podem ser levados a sério", enxerguei um contorno de sorriso-fantasma desenhar-se no ar. Quando falou "pseudoataques espectrais e malignos", presenciei mãos de unhas longas e escurecidas arranharem a sua testa sem que ela sequer sentisse.

E quando Vitória pediu a palavra, afinal... Quando conseguiu espaço para concluir o caso com "se excluirmos a hipótese do *poltergeist* para os fenômenos, só resta um diagnóstico de psicose", eu loucamente vi um corpo inteiro se materializar ali, entre as duas cientistas, um homem magro, feio, de barbicha rala e mau. Ah, quando eu vi isso não aguentei mais.

Soltei a mais insana e desesperadora gargalhada.

E pelos três dias seguintes eu ri.

Ri quando vi minha irmã se agarrar à minha prima, as duas chocadas demais para compartilhar meu riso e assustadas demais para entender os motivos de tanto humor. Ri quando Bárbara se protegeu nos braços de Lucas e quando vovó começou a discutir em voz cada vez mais alta com a sua amiga. Ri quando Vitória me deu uma injeção e ainda estava rindo quando apaguei.

No outro dia, ri no carro durante a viagem de volta e quando chegamos em casa. Ri dos meus pais e para eles enquanto seguia para o quarto. Ri quando o médico chegou e quando dei entrada no hospital. Apaguei de novo ainda em meio a risadas e, no outro dia, tive alta — nada de mal no meu físico, por sinal —, para continuar rindo enquanto marcavam a consulta com o psiquiatra.

Ri na sala de espera e diante do médico. Ri quando vovó e sua amiga Vitória entraram na sala e quando elas e seu novo colega cochicharam por muito tempo, acertando meu futuro próximo. Ri ainda mais uma vez enquanto meus pais assinavam uns papéis e tentavam me explicar que faziam isso "para o meu bem".

Então percebi que não dava mais. Suspirei fundo, fechei os olhos. Respondi a todas as perguntas, concordei com todos os tratamentos. Algumas vezes falei a verdade. Outras, me protegi. Evitava até sorrir, mas, quando o fazia, tenho certeza de que meu rosto lembrava aquele, o da personagem da HQ, a Desespero com corpo de mulher e sorriso colado em uma boca imóvel.

E o tempo passou. Ainda prolonguei as férias por indicação médica, propuseram novos exames. Vovó foi uma presença constante em nossa casa, porém lamento supor que estivesse mais preocupada com a destruição da sua tese *poltergeistiana* do que pelo meu provável diagnóstico de insanidade temporária.

Ela muito perguntava e eu sempre respondia. Detalhava. Tentava achar palavras prováveis para descrever a luta sobrenatural, as entidades, o beijo do surfista, o desmaio de Bárbara... Até aí eram coisas possíveis de serem explicadas pela sugestão psíquica, pelo efeito *poltergeist*. O que vinha depois é que irritava vovó; aquilo que eu continuava vendo parecia não ter lógica nem solução.

— Magda, e agora...? Você ainda vê o fantasma?

O pior, para mim mesma, é que naqueles primeiros tempos eu respondia a verdade.

Enfim retornei à escola. Assumi minha velha carteira, suportei as caras e bocas dos colegas (imaginava que mentiras meus pais espalharam), mas era até fácil fingir. O rosto naturalmente pálido, a dificuldade em me concentrar, a dispersão constante, a sonolência... tudo isso caracterizava alguma doença que amigos e professores compreendiam.

No terceiro dia de aula é que descobri realmente como deveria agir.

Consegui dispensa da aula de educação física e estava bem pouco disposta a ficar na quadra apenas assistindo ao jogo. Minha escola era tradicional, de prédio amplo e antigo, com corredores de altas paredes e soalho de madeira escura. Sempre simpatizei com esse tipo de colégio secular e gostava especialmente do segundo andar, com o anfiteatro e a biblioteca. Foi ali que me refugiei.

A bibliotecária gorducha ofereceu ajuda, mas preferi eu mesma procurar um livro adequado. Sempre tivemos liberdade de pesquisa na biblioteca e logo a mulher foi cuidar da vida, seguiu para os fundos; fiquei sozinha.

Sozinha, *em termos*. Senti a sua presença.

Estava num corredor entre as estantes. Conferi que a atendente ainda não tinha voltado à mesa, perguntei:

— É você? O que quer?

Demorei algum tempo até ouvir resposta. A voz dele era a minha, deturpada por algum efeito especial sobrenatural. Eu me ouvi dizer:

— *Bote medo! Não é pra isso que eu te chamei aqui?*

A mesma frase com que o conjurei aquela noite no cemitério, aterrorizando Bárbara, antecipando-lhe sofrimento e pavor... e que agora se voltava contra mim.

Nem percebi que chorava. Foi quase uma surpresa constatar que meu rosto estava úmido de lágrimas.

— PARE! — gritei sem querer e imediatamente baixei o tom de voz.
— Pare! Pare com essa imitação fajuta da minha voz! Pare com isso! Eu sei... Eu chamei você, ok. Eu pedi vingança, ok. Eu disse pra você assustar a Bárbara, ok, ok, fui uma idiota, uma imbecil vingativa!

E ele, na minha voz:

— ... *quero que você sofra*...
— E não estou sofrendo? Não vê como estou sofrendo? Quando isso vai parar? Como?

Senti um sopro frio, igual ao vento que sai de uma janela aberta. O vento me envolveu e depois seguiu adiante, até o terceiro corredor de estantes e ali ficou, sibilando. Caminhei até lá. Tateei os títulos de livros de grossas lombadas, sempre em expectativa, sempre à espera...

— Você nunca vai me largar, não é?

Nesse momento ouvi o baque. O livro caiu da estante, aos meus pés. Olhei em volta, a bibliotecária ainda estava fora da sala. Peguei o livro do chão e não precisei folheá-lo, a página se abriu e permaneceu escancarada no ponto certo da frase. Estava tão tensa que demorei para atinar o conteúdo. Terminei a leitura pela quarta ou quinta vez, apertei tanto o dedo sobre a página, contorci o pobre livro até arrepiar o papel com a ponta da unha e...

Afinal veio a revelação, achei a frase que me sossegou, aquela com que comecei meu relato: "O mal da condição humana, de qualquer condição humana, é que depressa nos acostumamos a ela".

Não foi tão depressa assim, lamento dizer. Levei seis anos para me acostumar à miséria da minha existência e entender que, se quisesse escapar do sanatório, interagir com meus semelhantes e ter alguma espécie de vida, precisaria *me acostumar*.

CAPÍTULO 16

ENTÃO É ISSO: EU ME ACOSTUMEI A ELE, a enxergá-lo nas horas e lugares mais inadequados — no banheiro, na conversa com o analista, à mesa durante as refeições, até em igreja ou parque, porque ele nada teme de sagrado ou de íntimo, não tem pudor em me cutucar em hora ou momento impróprio, não aceita rotinas nem faz acordos.

Reagir contra ele, blasfemar, contar ao mundo suas aparições, xingar... Qualquer dessas opções me levaria à loucura. Nunca sei como ou de onde ele surge. Às vezes é apenas a mão que me estende o papel higiênico. Outras vezes paira como solitário olho mau acima da cabeça do psiquiatra, por exemplo. Ainda existe seu sorriso em linha reta, o profundo negror onde deveria ser o céu da boca, ou o pior: sua voz.

Também aquela voz *minha-dele* me assombra em momentos inesperados.

"*Quero que sofra...*", o sussurro com que agourei Bárbara e que se repete, mesmo que saído da boca de um ator na TV ou na explicação do professor em sala de aula.

Ou o "*eu o chamei aqui*" bate em meus ouvidos, trazendo-me a lembrança daquela evocação estúpida que se volta contra mim, sistematicamente.

Não tão sistematicamente e insisto: talvez isso seja o mais sinistro. Porque ele às vezes some por horas, dias inteiros. Quando meu desespero parece ceder aos poucos e começo a criar esperança de que talvez tenha se fartado de mim, ele retorna. Em fragmento — dedo, unha, olho, dente — ou corpo todo, aí vem a criaturinha esquálida, o matuto com seu olho de rapina.

Outra das suas artimanhas é que nunca age diante de testemunhas. Nada de telecinesia ou odores nojentos, nada de conversas diante de espectadores ou transmutação de sabores. Quando aparece em meio aos outros, fica visível apenas para mim e nada move além de si mesmo.

Durante seis anos foi assim que vivi. Acostumei-me ao "mal da condição humana"; descobri que só guardaria uns resquícios de normalidade se convivesse com ele sem facilitar seu trabalho de me enlouquecer. E descobri também que deveria me proteger no silêncio, para não dar chance aos outros de me taxarem definitivamente de maluca.

Pois bem, aqui está o relato que rompe o silêncio. Por que escrever isso, afinal? Durante toda essa história assinalei meu arrependimento. Registrei as minhas dúvidas e marquei um desfecho que não foi positivo. Meus medos. O conflito entre o que se deseja e o que acontece. O "pode-se mudar o destino" tem chance de vencer? Ou o "assim estava escrito" sempre acaba ganhando no final?

Mas é melhor não me precipitar. Agora é melhor agir como se esta narrativa fosse um mosaico. Se cada ladrilho já foi escolhido, limpo e seu lugar foi determinado, resta apenas fazer o encaixe. Para entender o desenho completo do que nos aconteceu naquela casa de praia, há seis anos... E ver se há chance de hoje, quem sabe, mudar esse traçado.

Daquelas pessoas de seis anos atrás, convivo mais com vovó e com minha irmã, claro. Magali hoje é caloura da faculdade de Direito numa cidade do interior; é do tipo boa-filha-boa-aluna-ótima-namorada, só traz orgulho à família etcétera e tal. Nunca conversamos realmente sobre o assunto. Sei que ela se sentiu bastante culpada pela farsa do tabuleiro Ouija e também no começo, quando pairou sobre mim a ameaça da internação no sanatório. Acredito que sofreu por conta da nossa inconsequente brincadeira com o Além. Desde que eu comecei a escamotear tão bem a presença *dele*, enfim Magali pôde esquecer. Deixei que ela esquecesse porque gosto dela. Terá uma boa vida e não precisa se sentir cúmplice ou culpada no caso. Só isso.

Meus primos? Encontrava com eles basicamente por ocasião das férias de julho com vovó Magdalena e, depois do meu caso sobrenatural, as viagens foram suspensas. Sei que Lucas está nos Estados Unidos num programa de intercâmbio e que Jaqueline pretende se casar no final do ano com um médico pediatra bem mais velho que ela e que a mima com tudo a que tem direito. Sorte dela; também não falamos mais do assunto.

Quanto a Bárbara, tive maior contato com ela por força da teimosia de vovó. Nos três primeiros anos, ela e sua orientanda nos submeteram a uma imensa bateria de testes parapsicológicos. Nem a doutora Magdalena nem a mestra Vitória desistiam de nos ver como um "caso de duplo *poltergeist*", por mais que Bárbara nada manifestasse de sobrenatural e eu... bem, tive sempre o diagnóstico de alguém que num surto psicótico ouviu comandos de voz, *mas* que reagiu bem aos medicamentos e nada mais revelou de anormal nos últimos tempos. Pois *as cientistas* não se conformavam com um desfecho tão frustrante! Reuniam a gente a cada dois ou três meses e programavam novas experiências. Foi preciso Bárbara completar 21 anos para desistirem; afinal, *poltergeist* é uma manifestação da adolescência e ela ultrapassava a idade-limite.

A última vez que soube de Babi é que ficou cada vez mais mística e aderiu a alguma seita esotérica que faz contatos com óvnis ou algo do gênero. Também sorte dela, paz e adeus. Não lhe quero mal e juro que paguei (e pago!) muito-muito caro por algum dia ter-lhe encaminhado energias negativas.

Deixei vovó por último intencionalmente. Porque, sem querer, foi ela, a doutora Magdalena, que me deu o motivo de registrar esta história e rever os acontecimentos.

— Querida, lembra daquela linda casa de praia, da minha amiga Inês?

"Como esquecer o local da minha maldição?", pensei, mas não disse nada. Vovó talvez tenha interpretado meu silêncio como esquecimento e fez questão de reforçar.

— Aquela casa dos estranhos acontecimentos... O *poltergeist* que a Bárbara ma...

Interrompi:

— Vó, esse *poltergeist* foi mais do que confirmado como fraude. A Babi teve foi um surto de bobagem e eu, bem, foi daquele jeito que descobriram minha doença. — Suspirei fundo depois de definir tudo tão logicamente e fingi casualidade na pergunta seguinte. — Mas, então, a casa? O que tem ela?

— A Inês vendeu. Aliás, toda aquela vizinhança vendeu as casas, tem coisa aí de uns três meses. Vão fazer o clube de praia de um sindicato. Pode? Tanta área livre por aquelas praias e o sindicato preferiu comprar e derrubar.

— Derrubar?

— Isso. A Inês me contou que mês que vem vai tudo pro chão. A casa dela, a da vizinha... Vão montar quadras esportivas e pequenos chalés. Consta que tem o dedo do prefeito nisso aí, uma comissão das grandes! Ela me falou que...

Desliguei a atenção do resto da fofoca. "A casa vai para o chão... Vai tudo pro chão... Quadras esportivas..." Me perdi em lembranças. Quando voltei a ouvir, vovó já havia mudado de assunto.

— A Vitória finalmente publicou a tese. Conseguiu uma coedição com a Secretaria da Cultura, ficou um livrão, com fotos incríveis! O lançamento foi na semana passada.

Estávamos no seu apartamento e foi fácil para ela descobrir o livro numa prateleira: *Signos da morte — Manifestação do luto em túmulos paulistas contemporâneos*. Um título longo e pouco atraente, mas me senti estranhamente excitada. Pedi:

— Você me empresta?

— Claro, querida!

Praticamente varei a noite lendo a tese de Vitória, vendo as fotos. O túmulo de Renato mereceu pouco destaque, mas a fotografia estava nítida e perturbadora na impressão em preto e branco. Com aquela falta de colorido ficava ainda mais semelhante ao que eu vira na noite fatídica do cemitério, quando ele e a "minha entidade" lutaram pela integridade de Bárbara.

Fiquei comovida olhando a foto. Lembrando. "Vendo" seu rosto um instante antes de ele dar o beijo. Conferi meus sentimentos e descobri que não havia sequer uma ponta de inveja. Havia, sim, esperança.

Uma esperança que se reforçou com o sonho. Devia ser mais de três horas da manhã quando finalmente adormeci. Lembro que fechei os olhos na minha cama e os abri no cemitério; mas não parecia o cemitério da estrada dos quilombolas, não aquele de seis anos atrás. Era um cenário idêntico ao da fotografia: também em preto e branco, a prancha cinza destacando-se do túmulo, o nome RENATO em relevo, um sol estourando em luminosidade entre as nuvens baixas no céu.

E eu estava lá. Imóvel diante do túmulo, como se também fizesse parte da foto. Usava uma saia comprida (que realmente tenho, mas foi comprada ano passado, coisa da Magda-adulta) e cabelos muito-muito longos, como jamais os tive. O mais estranho é que podia me enxergar de fora. Via uma moça que olhava para um túmulo e que era apenas testemunha do que viria a acontecer.

E não houve nada de extraordinário. Durante muito tempo (para um sonho) fiquei ali parada. Olhando a lápide. De início, como era realmente: "Ao grande aventureiro Renato T. Parreira, na sua maior viagem". Depois a pedra ficou lisa. No instante seguinte surgiu sobre ela um abecedário formado por letras de papel. Era o tabuleiro Ouija.

Letras começaram a brilhar, uma de cada vez, como se o dedo do Além iluminasse a mensagem. Seria muito lento construir tudo, mas nessa atmosfera de sonho identifiquei em minha mente a comunicação... Era um trecho do livro de Vitória, uma nota de rodapé ou uma legenda a respeito de "construções supostamente assombradas por entidades". Em meio à rebuscada linguagem das teses, o comentário sobre "locais que perdiam seus supostos atributos fantasmagóricos ao serem destruídos". Havia exemplos, nomes e datas, como um lugar X que, "depois de incêndio e demolição, virou um tranquilo playground para a paróquia local".

Eu "li" as informações através do piscar das luzes, mais adivinhando a mensagem de modo inconsciente do que na realidade onírica. Estava ainda externa a mim e senti depois que meus olhos, feito uma câmera cinematográfica, faziam um giro em torno da moça, podiam me ver de frente e meu rosto estava calmo. Feliz.

Então eu me vi erguendo os olhos para o céu e localizei a luz pálida cortando nuvens. Sabia quem era, sabia o que fazia. O surfista. Ele viria me salvar também? Será que merecia sua salvação?

— A esperança é a lembrança, Magda. O perdão vem com o arrependimento. Conte o que você sabe.

Era uma voz máscula e sua ternura me deu vontade de chorar.

Ainda estava chorando no sonho quando acordei.

E prossegui no longo choro de alívio depois de acordada.

O sonho aconteceu há duas semanas. Depois que acordei, absolutamente desperta apesar do pouco tempo de sono, peguei a agenda, sentei à escrivaninha e fui juntando fatos, conferindo datas, organizando ideias de um jeito ansioso.

Desde quando *ele* não me aparecia? Conferi a última ocasião: já fazia três meses. Vovó não contou sobre a venda da casa de praia mais ou menos por essa época? Meu coração reagiu acelerado. "Calma", falei comigo mesma. Não podia me dar esperanças tolas. Houve tréguas longas e depois retornos revigorados. Mas agora havia mais coisas acontecendo do que apenas seu afastamento.

A casa da praia seria demolida. As palavras na lápide... Havia algo sobre isso no sonho. Peguei o livro de Vitória, virei as páginas com pressa; havia algo assim na legenda de uma imagem. Se a casa ia para o chão, a edícula obviamente iria também. Aquelas paredes escritas. O reduto do fantasma. A sua morada.

Achei o texto, abaixo da foto de um casarão semidestruído. Li.

— Se "o local supostamente mal-assombrado sofrer sinistro natural ou destruição por outras causas, pode encerrar o ciclo de aparições".

Fechei o livro e prossegui falando em voz alta, contabilizando os "acasos":
— A casa, derrubada mês que vem. E mês que vem...
Abri de novo a agenda, um círculo vermelho na data.
— Faço 21 anos no mês que vem.
Não podia ser coincidência! Uma idade-limite para a adolescência, para a possível influência de *poltergeist*. No meu caso, da entidade. Seria realmente possível? E se tudo se encaixasse, afinal? A coedição do livro de Vitória, com tantas fotos, até aquela do túmulo. Conversar com vovó para saber da destruição da casa e da edícula.
"Podia ir para lá!" Essa ideia cortou minha mente com a decisão das boas respostas. Nem tentei faculdade, e trabalho desde os 18 anos. Tenho direito a duas semanas de férias na concessionária de automóveis; guardei meu dinheiro e tenho meu próprio carro. Não contaria nada a ninguém. Usaria as duas semanas antes da demolição para me organizar, para lembrar. E, depois, faria uma viagem até o litoral.
E ali, ah!, seria testemunha da derrubada da casa... Veria a edícula e suas paredes diabólicas virarem poeira espectral; seguiria até o cemitério caiçara; localizaria o túmulo de Renato; faria uma oração, se conseguisse.
Sua voz conversou comigo no sonho. "*A esperança é a lembrança.*" Fechei meus olhos, onde duas lágrimas trêmulas teimavam em escapar dos cílios. "*O perdão vem com o arrependimento.*" Sim, pediria perdão. "Eu me arrependi, Renato, eu não quero mais essa vida, me ajude", pensei.
"*Conte o que você sabe*", eram suas palavras finais.
Ainda fiquei por alguns segundos imóvel, sentada na cama. Os dedos trêmulos, o coração numa estranha dança no peito. Então era essa a minha esperança? Então era assim que poderia me libertar, afinal? "*Conte o que você sabe*", "*conte o que você sabe*", "*conte o que você sabe*". As palavras ficaram ecoando, repetindo-se, alegrando-me como a música mais doce...
Pulei da cama:
— E o que estou esperando? Vou contar, sim, tudo o que sei.
Liguei o computador e comecei:

Estava com 15 anos quando tive meu primeiro contato com o sobrenatural. Foi há seis anos, mas parece uma vida.

OS SONHOS DE MARCIA KUPSTAS

Nas páginas a seguir, você encontra informações sobre a autora, além de uma entrevista especial.

VIDA FEITA DE HISTÓRIAS

"O que você quer ser quando crescer?"

Toda criança, de hoje ou de ontem, já ouviu essa pergunta um milhão de vezes. Marcia Kupstas sempre soube a resposta. "Meu pai contava que, aos 5 anos de idade, quando eu ainda não sabia ler ou escrever, sentava no colo dele e ditava histórias. E ai dele se depois lesse alguma coisa diferente do que eu havia dito."

A memória da infância revela a vocação da autora que, hoje, integra o time de grandes nomes da literatura infantojuvenil brasileira. Mas o sucesso não veio sem esforço. Quando ainda cursava Letras na Universidade de São Paulo, buscou oportunidades para mostrar seu talento, chegando a publicar contos em diversas revistas. Percebeu que a carreira era mais do que imaginava. "Foi deslumbrante descobrir que o que eu faria de graça pudesse virar profissão."

Essa empolgação a motivou a escrever seu primeiro livro, *Crescer é perigoso*, estruturado em forma de diário de adolescente. O sucesso de público foi tremendo, e logo veio o reconhecimento da crítica: em 1988, levou o prêmio Revelação Mercedes-Benz de Literatura Juvenil.

A partir desse dia, recebeu convites de diversas editoras para transformar outros sonhos em livros. Desde então, publicou mais de cem obras e ganhou diversos prêmios, um currículo que faria brilhar os olhos da pequenina Marcia, que tanto sonhou em um dia fazer parte do mundo das histórias.

SOL, PRAIA E MUITAS LETRAS

Nascida em 1957, Marcia descobriu o gosto pela leitura na infância, incentivada pela mãe, Elisabeth. Nessa época, conheceu a obra de diversos autores, dentre eles Monteiro Lobato, cuja coleção de obras infantis guarda até hoje.

Na faculdade, Marcia participou do grêmio acadêmico e publicou em jornais alternativos. Logo voltou à sala de aula, dessa vez como professora de redação. Aproveitou a oportunidade para disseminar seu amor pela leitura.

Marcia aos 4 anos.

Aos 14 anos, na cerimônia de formatura do ginásio (que corresponde atualmente ao ensino fundamental 2).

"Acho que o bom de lecionar é isso, dividir a sua paixão pelas histórias para despertá-la nos outros", comenta.

Nessa época, mostrava seus escritos para todo mundo que pudesse lhe dar sugestões e oportunidades. Dentre essas pessoas estava o jornalista José Edward Janczukowicz, com quem se casou e teve dois filhos, Igor e Carla.

Foi ainda como professora que Marcia teve a ideia para sua primeira novela juvenil. Observando seus estudantes, criou a história do tímido Gustavo, o descendente de japoneses que começa um diário para contar suas frustrações, seus amores... A narrativa intimista e franca de *Crescer é perigoso* conquistou o público adolescente, que se identificou com a obra: "Muitas das dúvidas do protagonista certamente fazem eco no coração de milhares de leitores", a autora afirma.

Apaixonada pelos jovens e pela profissão, Marcia não parou mais de escrever, e os diversos títulos que publicou depois seguiram o mesmo caminho bem-sucedido do primeiro — o livro *Eles não são anjos como eu* ganhou o segundo lugar do prêmio Jabuti em 2005.

Ainda realizou outro sonho de sua infância: morar na praia. Hoje ela vive com o segundo marido, Paulo, em Ubatuba, cidade do litoral norte do estado de São Paulo.

Atualmente, Marcia aproveita os dias quentes e tranquilos para curtir a praia e ler. Também trabalha bastante: escreve e revisa seus livros, e ministra palestras e oficinas em feiras de livros pelo Brasil.

Agora que você conhece um pouco mais sobre a vida e a obra de Marcia Kupstas, confira nas próximas páginas uma entrevista especial sobre *Evocação*.

MARCIA FALA SOBRE *EVOCAÇÃO*

Antes de mais nada: por que uma história de fantasma?
Porque é um ótimo tema! Como pessoa, tenho uma imensa curiosidade sobre a pós-morte. Há uma alma? Para onde ela vai? E as tais almas penadas, o que são elas? Como leitora, essas questões me parecem igualmente fascinantes quando explicitadas pelos personagens. E, como escritora, sinto-me privilegiada em desenvolver uma trama que coloque fantasmas como desencadeadores do suspense.

O terror e o suspense são marcantes em *Evocação*. Qual sua relação com esses gêneros? Gosta somente como escritora ou é também fã?
Sou fã de carteirinha dos gêneros. Na adolescência, lembro-me com assombro das histórias de Ray Bradbury, que é mais conhecido como autor de ficção científica, mas que desenvolveu muita coisa na área do estranhamento, do terror. Um livro dele em especial, *O país de outubro*, é um delicioso exercício literário, situado no umbral limítrofe do imaginário, o lugar onde tudo pode ser e não ser... Quando era criança passava na TV a série *Além da imaginação*, o melhor exemplo visual do que estou falando. Como leitora, é claro que conheço os verdadeiros clássicos do gênero, como *Drácula*, de Bram Stoker, mas também me deixei seduzir por autores mais recentes, como Stephen King.

Se no começo da história compactuamos com Magda em seu desdém por Bárbara, logo fica claro que suas reações são bastante exageradas. Essa mudança é muito percebida porque temos uma narradora-personagem. Qual o papel do foco narrativo nesse desenrolar do enredo?
Foi uma opção consciente e convicta escrever o livro em primeira pessoa, com o leitor tão íntimo de Magda. Era essencial a credibilidade da personagem, que o leitor acreditasse nas suas motivações e até pactuasse com os seus rancores. De certo ponto em diante, o próprio leitor cai em si, começa a questionar: "Espere aí... assim é demais. A Bárbara é chatinha, mas pra que odiar tanto? Por que pensar tanto em vingança?". Aos poucos, a trama constrói outra possibilidade, a de que a narradora também nos manipula um pouco, de que Magda não é tão inocente como faz crer, inicialmente, diante do mal que se aproxima.

E qual é a sua opinião sobre Magda e Bárbara?
Acho que teria muito pouca paciência em conviver com alguém como Bárbara, tão fútil, tão egoísta e centrada em si mesma. Mas certamente não me vingaria dela; o mais provável é que me afastasse assim que possível. Agora, curiosamente, tenho muita ternura por Magda. Ela personifica a feiticeira azarada que vê o feitiço se voltar contra si

própria. Acredito que essa é sempre uma sensação muito ruim, um resultado muito negativo de uma ação, seja com quem for.

Como pode Magdalena, a racional cientista, ser tão passional e descontrolada em relação ao jogo? Por que decidiu caracterizar a personagem dessa forma?
Porque *somos* contraditórios! Quem disse que um cientista ou doutor estão imunes a vícios ou a atos criminais ou discriminatórios, apenas porque estudaram mais? Vide a quantidade de cientistas que aderiram ao nazismo ou o tanto de internos com nível superior em clínicas de reabilitação. O *saber* nunca impediu o *sentir* ou o *fazer*. Depois, aqui em Ubatuba, a região que me inspirou o livro, há mesmo uma festa de padroeira com bingo e prêmios especiais. Uma viciada em jogo como Magdalena seria facilmente convencida a participar do evento. Isso me daria o mote necessário para que os adolescentes ficassem sozinhos na casa e, assim, conjurassem os espíritos da maneira como o enredo carecia.

Na apresentação, você cita alguns elementos da obra que são verdadeiros e um deles chama a atenção: o túmulo do surfista. Renato existe, realmente?
Renato, com esse nome, com o atropelamento como *causa mortis*, não posso dizer que seja real, isso é parte ficcional da trama. Mas que há um cemitério numa praia do litoral norte paulista onde uma prancha de surfe serve como lápide, isso é verdade.

Há outras influências da vida real na história que criou? Os personagens do livro, por exemplo, são pessoas que conhece?
Também essas pessoas existem e não existem. Aliás, essa é uma peculiaridade da ficção: a verossimilhança. O escritor pode vivenciar coisas, conhecer pessoas e suas biografias, mas, na hora de registrar a história, recria os fatos, muda o foco, dá maior ou menor ênfase aos acontecimentos, e mesmo o que era real acaba transformado na literatura.

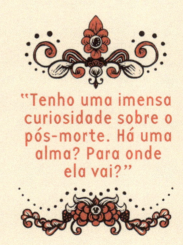

"Tenho uma imensa curiosidade sobre o pós-morte. Há uma alma? Para onde ela vai?"

No final, apesar do tom esperançoso, o leitor não tem certeza se Magda conseguiu se livrar do fantasma que a assombrava. Por que optou por esse encerramento?
O final em aberto concretiza uma dupla leitura para o enredo, que é

intencional. Entrevistei psicólogos e pesquisei sobre parapsicologia para criar esse estranhamento: o leitor pode ler todos os fatos com uma abordagem parapsicológica, e aí as explicações da doutora Magdalena são plausíveis, ainda mais se acrescidas do diagnóstico de psicose para Magda — então houve fenômenos *poltergeist* e alucinações causadas por um distúrbio mental, e Magda inconscientemente se autoconduz à cura ao ultrapassar a idade limite da adolescência. Ou o leitor pode creditar a fantasmas muito do que aconteceu: que a casa era mal-assombrada e aguardava por vítimas fáceis, que os jovens invocaram almas perversas com o tabuleiro Ouija, que o fantasma do surfista realmente foi uma figura salvadora diante do outro espectro e que, afinal, Magda recebeu sua punição e mereceu ser libertada com a destruição do lugar nefasto. *Façam seu jogo, senhores*, como diz a narradora em certo momento.

Atualmente, você mora em Ubatuba, no litoral norte de São Paulo. Por que decidiu viver à beira-mar? O clima praiano influenciou de algum modo a sua escrita?
Sempre adorei praia. Quando era criança e os adultos vinham com aquela perguntinha "O que vai ser quando crescer?", eu dizia que queria ser escritora e morar na praia. Meu marido, Paulo, e eu vivemos na praia de Maranduba, em Ubatuba, onde o chão é de areia, tem um rio limpo (e lindo) a cem metros da casa, passarinho de monte... Às vezes a gente até topa com bichos da floresta. Claro que tudo isso cria um clima de curiosidade e me seduz para outros enredos que não os citadinos, onde ambientei a maior parte da minha obra antes de vir morar aqui.

"O *saber* nunca impediu o *sentir* ou o *fazer*."

***Evocação* é seu primeiro livro de ficção pela Editora Ática. O que achou da estreia na nova casa?**
Estou gostando bastante! Sinto que há respeito pela minha obra — não só por este primeiro romance mas também pelos títulos anteriores, com o lançamento da série Marcia Kupstas. Alguns livros que fizeram muito sucesso terão a chance de voltar ao mercado atualizados, polidos... Sinto como se fossem pedras preciosas que escureceram, e que tenho hoje o privilégio de remontá-las em novas estruturas, deixando-as com o brilho de joias novas, para seduzir leitores que porventura ainda não as conheciam.

DESTAQUES DA OBRA DA AUTORA

Crescer é perigoso, 1986
É preciso lutar!, 1987
A maldição do silêncio, 1987
O primeiro beijo, 1987
Eu te gosto, você me gosta, 1988
Sapo de estimação, 1988
Histórias da turma, 1989
Revolução em mim, 1990
Um amigo no escuro, 1994
Um dia do outro mundo, 1995
O primeiro dia de inverno, 1998
Clube do beijo, 2000
9 cois@s e-mail que eu odeio em você, 2001
Aventuras de garoto, 2001
O fantasma do shopping Ópera, 2001
Meu negro amor, 2001
O misterioso baú do vovô, 2001
Difícil decisão, 2002
Histórias dos tempos de escola — Memória e aprendizado (vários autores), 2002
Um olhar diferente, 2002
Pátria estranha (vários autores), 2002
Robinson Crusoé (adaptação), 2002
Os três mosqueteiros (adaptação), 2002
O filho da bruxa, 2003
Eles não são anjos como eu, 2004
Micos e outros bichos — Pais em ação! (com Igor Kupstas), 2004
Bichos incríveis (com Flávia Muniz), 2005
Três amores, 2005
De tanto bater, meu coração se cansou, 2006
Sherlock Holmes — Casos extraordinários (adaptação), 2006
Guerreiros da vida, 2007
A pedra mágica do tempo, 2007
Três animais, 2007
Um ano de histórias, 2008
O esconderijo secreto das coisas misteriosas, 2008
Histórias de terra, 2008
Machado de Assis: contos e recontos (vários autores), 2008
Tem que ser hoje!, 2008
Três amizades, 2008
ABZ do amor, 2009
A gente matou o cachorro?, 2010
Profissão: jovem, 2010
Três viagens, 2011
Evocação, 2012

Esta obra foi composta nas fontes
Quadraat e Base Twelve, sobre papel
Pólen Bold 90 g/m², para a Editora Ática.